中巴互译

亚洲经典著作互译计划

吉纳特

[巴基斯坦] 米尔扎·卡里奇·贝格

著

[巴基斯坦] 伊姆达·侯赛尼

蔡进宝

储进玉

[巴基斯坦] 阿卜杜拉·泽·哈沙姆

译

四川美術出版社

图书在版编目（CIP）数据

吉纳特 / (巴基斯坦) 米尔扎·卡里奇·贝格著 ; (巴基斯坦) 伊姆达·侯赛尼等译. -- 成都 : 四川美术出版社, 2023.12
ISBN 978-7-5740-0576-1

Ⅰ. ①吉… Ⅱ. ①米… ②伊… Ⅲ. ①长篇小说—巴基斯坦—现代 Ⅳ. ①I353.45

中国国家版本馆CIP数据核字(2023)第083639号

原著名：زینت
Zeenat

著作权合同登记号 图进字21-2023-98号

JINATE
吉纳特

[巴基斯坦] 米尔扎·卡里奇·贝格 著
[巴基斯坦] 伊姆达·侯赛尼
蔡进宝 储进玉 译
[巴基斯坦] 阿卜杜拉·泽·哈沙姆

责任编辑 陈 祺
责任校对 陈 玲 田倩宇 袁一帆
责任印制 黎 伟
出版发行 四川美术出版社
（成都市锦江区三色路238号 邮编 610023）
制 作 成都华桐美术设计有限公司
印 刷 成都金雅迪彩色印刷有限公司
成品尺寸 142mm × 204mm
印 张 7.125
字 数 164千
版 次 2023年12月第1版
印 次 2023年12月第1次印刷
书 号 ISBN 978-7-5740-0576-1
定 价 45.00元

写在《吉纳特》出版前

巴基斯坦小说《吉纳特》（Zennat）由巴基斯坦籍作家米尔扎·卡里奇·贝格（Mirza Qaleej Baig）创作，于1890年出版。小说作者生于1853年，逝世于1929年。由于作者出生于信德省，所以小说最早是用信德语创作的。

小说作者用信德语创作《吉纳特》的那个时代，乌尔都语小说在巴基斯坦已经非常流行了；穆斯林女性教育又是那个时代备受关注的话题，而小说的故事情节正好契合时代主题，所以小说很快就在信德语社会群体中拥有了众多的读者，此后又被翻译成了乌尔都语并广为流传。

《吉纳特》是部写实主义题材小说，故事集中反映的是十九世纪末南亚次大陆地区女性生活和学习的实际状况，尤其是接受正规的学校教育受限的情况。小说女主人公吉纳特在那个时代却受过良好的教育，是有自己思想和主见的穆斯林女孩的代表。她不囿于社会对女性不友好的传统价值观，勇敢面对现实生活的挑战，历尽艰辛终于与丈夫和孩子团聚，从侧面反映了那个年代一个普通家庭要生存下去是多么的不容易。小说故事情节引人入胜，人物刻画栩栩如生，不仅通过吉纳特这个穆斯林女性与丈夫跌宕起伏的一生来吸引读者的目光，还向读者展现了诸多当地的文化习俗，让中国读者能够不知不觉沉浸到那个年代巴基斯坦普通大众的生活情境中去。

由于小说为异国作家创作，作品中涉及了大量带有异域情调的风俗、历史、地理、人文、语言等方面的知识，为了向中文读者生动再现小说原文叙述的故事情节，助力中文读者准确理解、把握小说丰富的内涵和历史价值，译者通篇采用了归化翻译策略，努力做到文字通俗易懂、流畅准确，让读者尽量感觉不到译文有翻译的痕迹。此外，译者还采用脚注的方式为读者架起了沟通的桥梁，以求准确传递原作者意图，通过朴实的语言逐步把读者带入吉纳特及其家人经历的跌宕起伏的故事情节中，读者的心境也伴随着吉纳特的喜怒哀乐而高低起伏。

正如乌尔都语译本审稿人因提扎尔·侯赛因所说：前言的目的不是完全分析这部小说，但是因为这部小说是在那特殊时代创作的，是那个时代的思想产物，所以今天我们来读这部小说时，需要结合时代背景来考虑应从什么角度来理解这部小说的价值。

蔡进宝

2023年10月

前　言 | FOREWORDS

这是巴基斯坦第一本从信德语翻译成乌尔都语的小说。读者在阅读一部小说之前，并不一定要了解其历史背景。但若一部文学作品的历史价值比艺术价值还高，那么了解历史时代背景将帮助读者更好地理解作品的重要性。

小说的作者米尔扎·卡里奇·贝格（Mirza Qaleej Baig）被称为信德语的纳兹尔·艾哈迈德[1]（Nazeer Ahmed），是以信德语撰写小说的第一人，米尔扎·卡里奇·贝格的写作方式和写作理念跟纳兹尔·艾哈迈德如出一辙。

米尔扎·卡里奇·贝格1853年出生于信德省的海得拉巴市，读完中学他便前往孟买的艾宾斯顿学院（Elphinstone College）继续学习，在艾宾斯顿学院攻读人文学科本科，但是没能顺利完成学业。即使这样，他所接受的教育在那个时代已经算是非常不错了。随即他很快就在政府部门找到了一份工作，成为一名普通税务人员，后来通过努力又成为税收部门的负责人。米尔扎·卡里

[1]纳兹尔·艾哈迈德：第一个以乌尔都语写长篇小说的作家，社会宗教改革家，演说家。即使在今天，他最出名且被大众知晓的还是他的小说，他写了30多部有关法学、逻辑学、伦理学和语言学等的书籍。

奇·贝格于1910年退休后，将主要精力都投入学术研究和文学创作，在教育和写作方面展现出很高造诣，得到了“沙姆斯·乌拉玛”[1]（Shams Ulama）的荣誉称号，并在政府部门获得汗·巴哈杜尔[2]（Khan Bahadur）头衔。他于1929年逝世。

米尔扎·卡里奇·贝格是位知识渊博、受人尊敬的作家。他的文学创作范围广泛，写作题材涉猎各个方面；他的诗词和文章非常流畅生动，鲜活多彩。他还会写葛扎尔[3]（Ghazal）、卢巴亚特[4]（Rubayaat）和玛斯纳维[5]（Masnavi），几乎没有任何一个题材是他不曾涉猎过的，包括历史、宗教、哲学、语言、道德、自然，但他最擅长的领域当数小说和戏剧。他在信德语的小说和戏剧创作方面造诣最高，堪称第一人。他写过和翻译过的书有三百多本。

米尔扎·卡里奇·贝格在1880年撰写了一部名叫《莱拉和马吉努》[6]的戏剧，是以信德语成稿的第一部戏剧，也可以说米尔

[1]“沙姆斯·乌拉玛”称号：英译为Shams Ulama，该称号乌尔都语意为“学者中的太阳”，意指造诣极高的大家。

[2]汗·巴哈杜尔头衔：英译为Khan Bahadur，颁与为政府提供真诚服务和做出杰出贡献者，这个头衔是荣誉和尊贵的象征。政府于1947年取消这类头衔的授予。

[3]葛扎尔：英译为Ghazal，意指韵律分明的抒情诗。

[4]卢巴亚特：英译为Rubayaat，意指一类四行诗，第一行和第三行押阴性韵，第二行和第四行押阳性韵。

[5]玛斯纳维：叙事诗，英译为Masnavi，指一类宗教题材的诗歌，被称为“精神对联”，诗歌内容主要来源于轶事和《古兰经》内的故事，侧重于强调个人内在的苏菲主义观点，向苏菲主义信徒阐释了个人精神生活和修行方式。

[6]《莱拉和马吉努》：英译为*Layla and Majnun*。乌尔都语原稿书名为**ليلى مجنوں**，是作者米尔扎·卡里奇·贝格写的一本戏剧，莱拉是戏剧女主人公的名字，马吉努是戏剧男主人公的名字。

扎·卡里奇·贝格开创了以信德语撰写戏剧的先河。

米尔扎也是以信德语撰写小说的第一人，在他之前并没有人以信德语写过一部完整系统的小说，只有一些短小的故事集，而这些故事集也刚兴起不久，存在的时间并不长。后来有一些乌尔都语寓言故事被翻译成信德语，如《四个苦行僧的故事》[1]《哈迪姆·塔伊的故事》[2]《传奇故事》[3]。米尔扎在这种背景下发现英国人带来了一种新兴的文学表达形式——“小说”，我们现有的这部已经被翻译成乌尔都语的小说《吉纳特》是米尔扎成功以信德语创作的第一部小说。

米尔扎·卡里奇·贝格另一部信德语小说《迪拉苒》[4]早于《吉纳特》，于1887年出版，《吉纳特》则于三年后的1890年出版。在那个时代，乌尔都语小说在纳兹尔·艾哈迈德的发展下已经很流行了，纳兹尔·艾哈迈德写了很多乌尔都语小说，而他的乌尔都语小说《纳苏的忏悔》[5]在1874年就已经出版了。

了解这部小说的历史时代背景后，我们才能更好地了解这部小说的文学内涵和历史价值。阅读理解这部小说时，不必太过拘泥

[1]《四个苦行僧的故事》：英译为 *The Tale of the Four Dervishes*，乌尔都语原稿书名为 **قصه چهاردرویش**，苦行僧是指伊斯兰教里支持苏菲主义的信徒。

[2]《哈迪姆·塔伊的故事》：英译为 *The story of Hatim Tai*，乌尔都语原稿书名为 **حاتم طائ کی کہانی**。

[3]《传奇故事》：英译为 *Fasana-e-Ajaib*，乌尔都语原稿书名为 **فسانہ عجائب**。

[4]《迪拉苒》：英译为 *Dilaaraam*，乌尔都语原稿书名为 **دلارام**，这本书的译者将《迪拉苒》视为米尔扎的第一部信德语小说，而现在大部分学者认为《吉纳特》才是米尔扎的第一部信德语小说。

[5]《纳苏的忏悔》：英译为 *Tauba Tun Nasooh*，乌尔都语原稿书名为 **توبۃ النصوح**。

于其写作技巧上面存在的细节问题，因为信德语小说在那个时期正处于萌芽阶段，只能说在不断向成熟期迈进。

米尔扎·卡里奇·贝格和阿尔塔夫·侯赛因·哈里（Altaf Hussain Hali）[1]、阿布·卡兰·阿扎德[2]（Abul Kalam Azad）以及纳兹尔·艾哈迈德一样对写作充满热情。他们都想将一些新理念通过用当地语言写作的方式展现给人们，起到指导穆斯林群体理解接受这些新理念的作用。一方面他们想让自己本土语言的文学表达形式更加丰富，另一方面他们希望借此能够引领和指导本国人民，因此这四位很有影响力的作家的作品之间有一定的联系，存在强烈的文学共鸣。

《吉纳特》是一部直抒胸臆的小说，具有划时代的指导意义。小说传达的思想跟纳兹尔·艾哈迈德的小说传达的思想相似。女性教育一直是那个时代存在的一个很有争议的话题，一些改革者主张女性需要接受教育。米尔扎·卡里奇·贝格写了很多关于女性教育题材的作品，《吉纳特》也是一部提倡女性教育的小说。小说的女主人公叫吉纳特，在那个时代受过良好的教育，是有自己思想和主见的穆斯林女孩的代表。

《吉纳特》是部写实主义小说，但这部小说没有选取那个时期的传统写实题材来写，所以在那个时期这种题材的小说表达了一种反叛精神。在那个时期我们还没有写实主义的文学写作方式，但在乌尔都语文学中已经有一些作者开始以写实主义的写作方式来

---

[1]阿尔塔夫·侯赛因·哈里：巴基斯坦有名的诗人和作家。

[2]阿布·卡兰·阿扎德：巴基斯坦有名的作家。

创作小说了，诗人阿尔塔夫·侯赛因·哈里和阿扎德，小说家纳兹尔·艾哈迈德就是写实主义的先驱，而米尔扎·卡里奇·贝格则是信德语文学中写实主义的先驱。我们可以这样理解，在我们传统的文学作品中，主人公在旅行过程中通常会遇到各种困难并与之战斗。但是在写实主义作品中，这些困难与挑战发生了很大变化。在这部小说中，主人公也遇到了很多磨难，但其中已经没有超自然的魔幻神力，而主要来自社会层面。

前言的目的不是完全分析这部小说，而是因为这部小说是在那个特殊时代创作的，是那个时代的思想产物，所以今天我们在读这部小说时，需要结合时代背景来考虑应从什么角度来理解这部小说的价值。

因堤扎尔·侯赛因[1]（Intizar Hussain）

[1]因堤扎尔·侯赛因：英译为 Intizar Hussain，1925—2016 年，是《吉纳特》乌尔都语译稿的审校人，也是前言的撰稿人。他是巴基斯坦著名的文学领袖人物，也是乌尔都语小说家、故事家、诗人、散文家。

目 录 | CONTENTS

第一章

女儿的烦恼

那是一个炎炎的夏日，清晨的太阳已经冉冉升起。女仆巴赫塔瓦尔（Bakhtawar）打扫完屋内外的卫生后，又匆匆忙忙地到厨房里洗刷早餐后的碗碟。母亲沙哈·巴奴夫人（MaiShahar Bano）是苏拉依·法塔赫·汗（Surai Fateh Khan）的遗孀，餐后洗完手，她就呆呆地坐在大房间的床上，双手托着脸颊，一言不发，一副忧愁状。儿子哈米德·阿里（Hamid Ali）拿着书上学去了。女儿吉纳特·巴奴（Zeenat Bano）则坐在隔壁房间前的秋千上认真地诵读着《古兰经》。

如往常一样，这是个百无聊赖的早晨。突然，屋外传来了敲门声，巴赫塔瓦尔急忙放下手上的活儿跑去开门，返回屋内时头上顶了一个礼品箱，手里提了个水果篮，都直接放在了沙哈·巴奴夫人的面前。

沙哈·巴奴夫人抬头缓缓地问道："巴赫塔瓦尔，这是什么呀？"巴赫塔瓦尔说："夫人，这是赛特·古尔·穆罕默德（Seth Gul Muhammad）家送来的礼物和水果。"说完，便又返回厨房，继续没有完成的家务活。从厨房折返回来，她看见沙哈·巴奴夫人仍然双手托着脸颊呆坐在床上，礼物依然在床前的地毯上静静地躺着，原封不动。

巴赫塔瓦尔忍不住问道："夫人，你这究竟是怎么了？发生什么事情了吗？看你忧心忡忡的！"

沙哈·巴奴夫人答道："我着急啊！吉纳特的父亲去世后，家里所有的重担都落在了我一个人的肩膀上。虽然他过世已经有一年多了，但仿佛发生在昨天，家里以前的欢声笑语也已经荡然无存了。你跟我们也一起生活这么久了，完全了解我们家的这些情况。吉纳特·巴奴已经成年了，到了该谈婚论嫁的年龄了，我希望她能早点成家立业，过上自己幸福的生活，这样也可以让我少操一份心。现在的人都特别爱说闲话，无论你是贫穷或是富裕，他们都特别爱在背后嚼舌根，口无遮拦，信口雌黄，完全不顾及他人的感受。而另一些心思单纯的人们，则不太关心周边发生了什么事情，更不会搭理我们家的这些困扰。"

巴赫塔瓦尔说："夫人，你说得没错，可怜天下父母心啊，普天下的父母都在替孩子们操碎心呢！但真主自有安排，孩子自有她的福气，吉纳特的幸福迟早会来临的。我也相信作为母亲的你，一直想方设法为孩子找个好的归宿。现在不是有些条件不错的家庭前来提亲吗？你有权为吉纳特的幸福做决定。你看看，赛特家族很富有。还有那位律师穆罕默德·冉姆赞（Muhammad Ramzan），他家里也很富裕，而且很有社会影响力呢。"

沙哈·巴奴夫人说："是啊，你说得对，但是我们自己的亲戚也不失为一个好的选择啊！我兄弟阿拉达德（Allahdad）的儿子，自己的血统，是自己家族的一员。唉！巴赫塔瓦尔，我都快愁死了，我该怎么办呢？巴赫塔瓦尔，你从小带着吉纳特，照顾她，培养她，你去探探她的心思，她应该会对你毫无隐瞒地说出她的想法。”

巴赫塔瓦尔把放在地毯上的赛特家送来的新鲜水果打开，里面有香蕉、苹果和菠萝等。沙哈·巴奴夫人则打开了另外一个礼盒箱，映入眼帘的是贵重的丝绸布料，一个装着一对天然珍珠的小盒子和十二个金手镯。巴赫塔瓦尔惊讶万分，激动地大声叫道：“吉纳特，吉纳特，快过来看看呀，赛特家送来了这么多贵重的礼物。”这边儿，吉纳特正忙着诵读《古兰经》，她爱理不理地抬头瞅了一眼巴赫塔瓦尔，便又继续诵读《古兰经》。沙哈·巴奴夫人对巴赫塔瓦尔说：“你把礼品盒放到那个大柜子里，水果放到桌子上去。”

巴赫塔瓦尔按照要求做了，返回来后，又继续聊起了刚才的话题，“夫人，你看赛特·古尔·穆罕默德家挺懂礼数的，给人的感觉就像他们是我们的亲戚一样，相信我，他家比那个律师穆罕默德·冉姆赞好一百倍，他甚至可以资助你儿子哈米德结婚的花费。”

沙哈·巴奴夫人说：“对我来说，他们两个没有什么不同，如果可以的话两个都行，如果不可以的话两个都不行。”

巴赫塔瓦尔反问道：“你说这话是什么意思呢？”

沙哈·巴奴夫人说：“我知道赛特·古尔·穆罕默德是一个很好的人，我也听说他的儿子也是个很不错的年轻人，而且确实他们家族很富有，但是他们的家族姓氏是‘梅蒙’[1]（Memon）。如果与他们联姻，那些好事者会嘲笑我们贪图他家的钱财，或者说是因为我丈夫去世了，我为了钱财把我的女儿给卖掉了。我不想因此辱没我过世丈夫

[1]梅蒙：英译为Memon，是巴基斯坦的一个姓氏，以前在巴基斯坦梅蒙家族是有钱人的代表，在当时的世俗眼中把女儿嫁给梅蒙家族就是靠女儿谋取利益，甚至有卖女儿的意思。

的名声。”

巴赫塔瓦尔说：“夫人，你这样想也不是没有道理。但是，如果吉纳特能嫁到这样的家庭，我们的日子也会好过很多。虽然，我们家的生活还不太糟糕，但毕竟已不如往日。愿真主保佑我们的哈米德·阿里。但在他自己能挣钱过日子之前，我觉得如果我们能把吉纳特嫁给赛特·古尔·穆罕默德家是最好的选择。”

沙哈·巴奴夫人说：“巴赫塔瓦尔，靠人不如靠己！我们靠自己过日子踏实。”

巴赫塔瓦尔说道：“好吧，那你觉得律师穆罕默德·冉姆赞怎么样？”

沙哈·巴奴夫人回答说：“我对他也同样持反对意见。虽然他时下已经很富有了，但是你知道他的父亲以前只是靠在清真寺诵唱‘宣礼’[1]来维持生活。另外，穆罕默德·冉姆赞已经是有妻室的人了，除非我哪根神经搭错了，才会把自己的女儿嫁给他。”

巴赫塔瓦尔说：“你说得没错，我也不喜欢他，但我看不出赛特家有什么不好。”

沙哈·巴奴夫人说：“其实，我也为我哥哥家孩子们的婚姻大事操心呢。我哥哥有儿有女，我为什么还要去找别人结亲家呢？哥哥阿拉达德有个女儿，他会把他的女儿嫁给我的儿子哈米德·阿里，我愿意让他的儿子阿米尔·阿里（Amir Ali）做我的女婿，还有什么能比这个更好的呢？”

---

[1]宣礼：指伊斯兰教信众在每次做礼拜前，清真寺雇请专人诵唱的类似经文的礼拜曲（非《古兰经》）。该礼拜诵曲通过清真寺的喇叭传遍大街小巷，指引伊斯兰教徒前往清真寺做礼拜。小说中律师穆罕默德·冉姆赞的父亲就是做颂唱礼拜曲的工作。

巴赫塔瓦尔说："你说得没错，亲上加亲自然好，但我说赛特家好，这也只是为了吉纳特能幸福。当然，你的侄子他也很年轻，没什么不好的！"

沙哈·巴奴夫人说："我哥哥家虽然不那么富有，但是总比我们家宽裕，未来的日子会越过越好的。虽然阿米尔·阿里是个哑巴，这会有什么影响呢？他将继承他父亲的房产，不管怎么样他都是我们这个大家庭的心肝宝贝，我们不能放任他不管。愿真主保佑，他的妹妹也会有一个很好的性格，她的未来也会很幸福。"

巴赫塔瓦尔说："夫人，苏拉依·阿米尔·阿里很好，很年轻，但他配不上我们的吉纳特。夫人，我知道我这样说你可能会生气，我觉得即使你哥哥家用十个女孩来换我们的吉纳特都不行，我们的吉纳特是万里挑一的好姑娘。最重要的是，阿米尔·阿里什么时候才可能赚钱呢？现在他一天到晚只会躺在家里，无所事事。如果以后吉纳特嫁给他，不仅要照顾他，还要整天替他操心。而你哥哥苏拉依·阿拉达德领取的养老金大概都用在还贷款给高利贷者了，除了你哥哥的养老金，还有什么收入能让吉纳特过好日子呢？"

沙哈·巴奴夫人说："这个我知道，但是好歹我们都是自己人，能一起过日子会更好，金窝银窝不如自己的狗窝！如果把自己的女儿嫁给外家人，我会担心，心也累，愿真主保佑，如果吉纳特能嫁给好人家，那我们家也能放心过好日子了。先这样吧，也要听听吉纳特的想法。而且你也该做饭了，你去安排一下吧。愿真主保佑，一切都会越来越好！"说着，沙哈·巴奴夫人起身出去了，吉纳特也跟着去厨房了。

第二章

苏拉依的家庭背景

上面已经提到过苏拉依的家。为了充分了解苏拉依，先简单介绍一下他的家庭背景。苏拉依·法塔赫·汗来自信德省的一个古老的贵族家庭，他的父亲米尔·古拉姆·阿里·汗（Meer Ghulam Ali Khan）是一位家喻户晓的英雄，但是他父亲在一次战争中牺牲了，因此苏拉依的父亲米尔·古拉姆·阿里·汗和苏拉依都深受米尔·穆拉德·阿里·汗[1]（Meer Muraad Ali Khan）的信任和尊敬。前政府被推翻后，英国政府每月发100卢比的退休金给苏拉依·法塔赫·汗。只要他愿意，英国政府可以为他提供一个体面的工作职位，但他认为自己是前政府的效忠者，所以他后来宁愿自己从事个体生意，而不是为政府效力。

苏拉依·法塔赫·汗是个睿智且有丰富生活阅历的人，凡事都会三思而后行。当面临入不敷出的窘境时，他通过变卖自己过去积攒的珠宝来保持原有的生活水平。但是，坐吃山空，等他变卖完这些珠宝

[1]米尔·穆拉德·阿里·汗：英译为Meer Muraad Ali Khan，是时任统治者。

以后，他只能通过减少开支过日子，日子一直过得很窘迫。其实，这种情况下，当时的许多贵族家庭也都变得非常穷困潦倒。

与周围的人相比，苏拉依更聪明，更明智。他只结过一次婚，家庭生活和谐顺心，开销较少。

虽然他自己年事已高，但对未来的规划还是显得有远见卓识，对家庭未来的发展方向往往做出较正确的决定。他从小就送儿子哈米德·阿里去上学，先用本地的信德语学习，后来开始用英语学习。为此，他的亲朋好友们经常背后指指点点，非议和嘲笑他的行为“无知”，但他并不在意别人的流言蜚语。他除了让自己的儿子接受良好的教育以外，还亲自在家里教他的女儿吉纳特学习。他不仅自己教吉纳特学习，还让哈米德帮忙，甚至还请了一位宗教学者来帮忙辅导吉纳特学习，因此吉纳特在《古兰经》、宗教知识、信德语和波斯语等方面都有较扎实的基础，甚至超过了她的哥哥哈米德。

他对家庭对子女的发展规划，与当时周围常人的做法显得格格不入，亲戚们经常鄙视和嘲笑他，甚至有的亲戚对他避而远之，当然也有的亲戚是嫉妒他。苏拉依·法塔赫·汗感觉被周围人孤立了，与他的亲戚们也只是有名无实的关系。为此，他移居到海得拉巴（Haiderabad）[1]郊区生活，在那里他见证了这个城市的发展。

曾经，苏拉依家有很多仆人，但时过境迁，只剩下一个西迪（Sheedi）[2]男仆和一个西迪女仆巴赫塔瓦尔。西迪男仆已经去世了，时下只剩下女仆巴赫塔瓦尔。女仆巴赫塔瓦尔一直住在苏拉依家里，

[1]海得拉巴：英译为 Haiderabad，是信德省一个较大的城市。

[2]西迪：英译为 Sheedi，指来自非洲东南部的黑奴。现在西迪人已经演变为巴基斯坦和印度的一个少数民族。

而她的存在对苏拉依家是件幸运的事情。她一直帮忙抚养孩子，所以孩子们也认同她，甚至对她像对待自己的母亲一样。而且苏拉依收入不高，因此也未雇佣其他仆人，家里的所有事情几乎都靠巴赫塔瓦尔来打理。

苏拉依在62岁时不幸去世，在闭眼之前，他把家庭所有成员都叫到身边，一一交代他们未来的任务，要他们把自己的建议牢记在心，至死不忘。

苏拉依去世后，英国政府将他的养老金从100卢比降至50卢比，并转给他的妻子，沙哈·巴奴夫人就靠这笔钱来过日子。除此之外，沙哈·巴奴夫人和她女儿吉纳特都善于缝纫，所以巴赫塔瓦尔有时会从城里带回一些布料，加工成衣，以此赚取加工费。

正因为如此，即使在苏拉依死后，他们家的生活水平依然保持不变，周围人都为此诧异，苏拉依家的生活怎么一直没变差？他们家是怎么做到保持原有生活不变的？甚至有人怀疑他们以坑蒙拐骗的方式牟利。

儿子哈米德·阿里已经长到十七岁了，依然还在英语学校继续读书学习。女儿吉纳特·巴奴是个十五岁的年轻女孩。前篇我们已经提到了女儿吉纳特的性格很好，她家是一个传统的穆斯林家庭，所以她从小到大一直严格遵从伊斯兰宗教礼仪，蒙面长大。她在父母的深爱和关怀中长大，是一个心思细腻的女孩，而且相貌也不错，虽然皮肤不太白，但五官长得好，很吸引他人的眼球。

吉纳特待人和善，与他人交谈时脸上常挂着微笑。她爸爸还在世的时候起，她就开始帮忙打理家里的开销，做一些计数方面的事务。她从小接受的教育让她知道怎么珍惜和管理自己的时间，学习、缝纫等工作安排得井井有条。

日常做饭的时候，她也会经常给女仆巴赫塔瓦尔当助手。当巴赫塔瓦尔生病时，做饭等家务活就直接落到了吉纳特肩上。不仅如此，吉纳特还很爱干净，也特别注重自己的着装。家里也有一个自己单独的房间，有时她的哥哥哈米德也会心血来潮到她房间住几天。房间里的所有东西都摆放得整整齐齐、有条不紊，邻居们来她家串门时都会特别赞美吉纳特，夸她爱干净、爱整洁的性格和生活习惯。

吉纳特，这么一个打着灯笼都难以找到的好女孩，声名很好。“一家有女百家求！”她的名声甚至从乡村传到了城市，一般比较高贵的家庭怎么会不渴望为自己的孩子寻一个这样的结婚对象呢？苏拉依·法塔赫·汗在世的时候就有很多人上门提亲，当他去世后上门提亲的人家就更多了。特别是人们意识到苏拉依与其亲戚之间关系不好的情况下。

赛特·古尔·穆罕默德是一位实力雄厚的商人，他在海得拉巴的生意做得很大，在卡拉奇和孟买也有生意。他正在为儿子寻找满意的结婚对象，经常去苏拉依家送礼。不仅如此，他经常给女仆巴赫塔瓦尔一些好处，得到了女仆巴赫塔瓦尔的支持。

律师穆罕默德·冉姆赞虽然已有妻室，但听到人们对吉纳特的夸赞后，他也在为娶吉纳特为妻费尽心思，因为这样他就可以通过与名声好的家庭建立往来关系而被人们尊称为“大人物”。他自己出身于一个贫穷的家庭，就是一个普通老百姓，而他的父亲只在清真寺谋求生计。直到后来他成为一名收益可观的律师，而被人们尊称为“大人物”。

但正如我们在上篇提到的，沙哈·巴奴夫人对这些提亲者都不满意，即使女仆巴赫塔瓦尔每次都替赛特·古尔·穆罕默德家说尽好话。沙哈·巴奴夫人反对的理由是她打算将女儿吉纳特嫁给她兄弟的儿子阿米尔·阿里，虽然阿米尔·阿里是个哑巴，也根本没有赚钱的能力，但是仅仅因为他是自己的亲戚就够了。无论亲戚多么无能，大多数女人认为自己的亲戚就是自己人。无论外家的人多么优秀都不是自己人。的确，沙哈·巴奴夫人正是这样想的，她的兄弟有一个三岁的女儿，她也已经打算以后让哈米德娶其为妻，这样一来，沙哈·巴奴夫人觉得现在面临的问题都能以这样的方式来解决。

但她对自家孩子婚姻大事采取这样的解决方式还不完全满意，她又不愿意与外人谈论这些家庭琐事，只能与女仆巴赫塔瓦尔和年轻且受过良好教育的女儿吉纳特唠叨唠叨，可老是去跟女儿吉纳特唠叨这些问题也不那么合适，因此沙哈·巴奴夫人有时只能跟女仆巴赫塔瓦尔说说心里话。不知不觉，她为这些烦恼所困很多天了。

第三章

儿子的烦恼

有一个名叫阿里·纳瓦兹·汗（Ali Nawaz Khan）的莫卧儿人住在海得拉巴郊区，他来自塔尔普尔时代的呼罗珊[1]（Kharasan），是一名商人。这个莫卧儿家族与小说故事发生的这个城镇关系密切，在展开小说情节之前，还是要先说一下他是如何抵达信德省的。

阿里·纳瓦兹·汗是土耳其人，他的父亲是奥斯曼帝国边境地区的负责人，主要负责向俄罗斯沙皇纳税。当时，俄罗斯和伊朗之间经常发生战争，两国曾常常入侵和掠夺对方的土地。在一场侵略战斗中，伊朗军队取得了胜利，而俄罗斯军队则被击败了。俄罗斯麾下的所有土耳其小酋长都卷入了这场战争，这些酋长包括阿里·纳瓦兹·汗的父亲和他的军队。在这场血腥的战争中，许多俄国士兵被俘，许多男人、女人和儿童在战争中被监禁。阿里·纳瓦兹·汗的父亲与母亲以及他和他一个兄弟也一起被监禁。在战胜方伊朗正打算将阿里·纳瓦兹·汗的父亲斩首处刑时，这位父亲设法挽救了他们自己

[1]呼罗珊：伊朗东部的一个地方。

的生命。他利用他妻子和无辜的孩子们的哀求感化了战胜方，改变了战胜方的决定，饶了他们一家，并与其他俘虏一起被带到伊朗。虽然他们作为俘虏被带到异国他乡，但他们觉得能活着和自己的家人在一起就已经很幸运了。

就这样他们一家在监狱里度过了两三个月。在上次战败后，俄罗斯军队再次集结新的力量攻击伊朗。在此之前，阿里·纳瓦兹·汗的父亲已经在计划逃离监狱，当听说他的国家要向敌人再次发起进攻时，他父亲意识到这正是他们逃离的大好时机，便带着一个十六岁的儿子成功逃生了，留下了他妻子和另一个年幼的儿子——阿里·纳瓦兹·汗，继续关在伊朗监狱。

阿里·纳瓦兹·汗的父亲成功逃脱后，集结了他的族人，重新加入了俄罗斯军队。他为他的祖国英勇作战，并在战争中和他带出去的那个儿子一起牺牲了。他父亲的时代结束了。

因为他父亲以欺骗的方式逃脱，并加入了俄罗斯的军队对抗伊朗，伊朗政府为此非常愤怒，威胁他的母亲和年幼的他，要将他们变卖为奴隶。阿里·纳瓦兹·汗的母亲内心感到极其恐惧和羞耻，当晚服毒自尽了。

早上一睁眼，天真无邪的阿里·纳瓦兹·汗就发现自己的母亲已经死在了床上，此时无法用语言来描述这年幼男孩内心的悲痛。我们可以想象，不久前，他还与父母和兄弟在一起开心地生活，后来父亲和兄弟不见了踪影，只留下一位爱他的母亲，而现在他的母亲也服毒自尽，弃他而去了。可怜的阿里·纳瓦兹·汗那时只有十岁。

随后，伊朗下达了售卖男孩和女孩为奴的命令，每天都有很多孩子们在奴隶集市上竞价售卖为奴。有一天，轮到阿里·纳瓦兹·汗了，他被一个伊朗人买走，他和这个伊朗人一起住了五六个月，然后这个伊朗人去了别的地方，又把他交给了奴隶贩子继续带到奴隶市场售卖。这个奴隶市场每周举行一次，一周内，阿里·纳瓦兹·汗又被售卖给另一位奴隶主。就这样在两年内，阿里·纳瓦兹·汗被带到集市反复售卖五次，最终，一位大商人买下了阿里·纳瓦兹·汗并让他安定了下来。

阿里·纳瓦兹·汗的性格非常好，相貌英俊，受到了他主人和周围人的喜爱。在那里，他也接受了一些教育，还学会了阅读《古兰经》。随着年龄的增长，他也开始帮老板打理生意，像自家人一样住在主人家里，他的诚实也受到大家的喜欢。

这位商人临终前，将自己的财富留给了他自己的孩子，同时，还给了阿里·纳瓦兹·汗自由身，并给了他一大笔钱。

主人去世后，阿里·纳瓦兹·汗还在主人的房子里居住了五六个月，然后他便去呼罗珊跑生意了。在那个时期，呼罗珊在伊朗的贸易中占据非常重要的地位。他的生意很快便有了起色，在这里他积累了很丰富的从商经验，在商界声名鹊起。后来，因一些贸易往来的需要，加上自己对旅游的兴趣，阿里·纳瓦兹·汗便从呼罗珊来到了信德省。

在那段时期，信德省是由塔尔普尔家族统治，阿里·纳瓦兹·汗机缘巧合来到了宫廷，在这里他不仅得到了大家的尊重，而且发现了许多商机，所以他决定留下来。

阿里·纳瓦兹·汗不仅诚实可靠、机智聪明，而且受过良好教育，人们都很敬重他、信任他。他不仅自己开店铺，而且常常受人委托远赴孟买、加尔各答、巴格达、伊朗和其他遥远的城市和国家，为他们采购优质商品。他的辛勤经营收获了丰厚的金钱回报。也因为这些丰厚的回报，他甚至忘记了自己的家乡，以信德省为家。

经过多年在信德省的打拼，人们几乎都认识他了，他也被当作信德人看待，后来他娶了一个来自良好家庭的女孩，在信德省正式安家。即使在塔尔普尔政府垮台之后，尽管他的政治处境没有之前那么好，但是他自己的生意还算过得去，他依然过着受人尊敬的生活。

真主庇佑，阿里·纳瓦兹·汗生了一个儿子，名叫阿里·拉扎（Ali Raza）。阿里·拉扎从小就接受着良好的教育，精通信德语和波斯语，英语也很好。虽然他只在信德学校受过教育，但由于他沟通交流的能力很强，这让他看起来格外聪明。阿里·纳瓦兹·汗没有给他儿子安排任何工作，也没有让他参与任何生意上的事务，但他儿子被当时英殖民时期的英国人聘为文秘和教师，教授信德语、波斯语或印度斯坦尼语，有时候他还要去卡拉奇工作，他每月的文秘和教学工作收入为60或70卢比。

除此之外，阿里·纳瓦兹·汗过去经营的生意很不错，所以他们一家过着富裕的生活。他们家里的人口较少，除了阿里·纳瓦兹·汗、他妻子江·比比（Jan Bibi）和他儿子阿里·拉扎外，就是一个如同他们家人一样的和他们一起生活了多年的女仆玛丽亚姆（Maryam）。

在为读者介绍以上情况时，其实，阿里·纳瓦兹·汗已经去世两年了。从此家庭的重担就落在了阿里·拉扎的肩上，他现在已经是一个二十四岁的年轻小伙子了。阿里·拉扎不仅皮肤白皙，身型很好，而且在他父亲的教导和培养下，性格也很好，很受人们欢迎，并且他与社会上地位较高的人建立了较好的关系。他自己良好的修为也得到了他人的认可。

阿里·拉扎是一个内心高尚的人，因此，他在这座城市的印度教徒和穆斯林心中都占有一席之地。

即使在塔尔普尔统治倒台后，阿里·拉扎也继续与他父亲的人脉关系保持着良好的联系，他和他的家人也不时去参加父亲朋友的婚礼，人们都把阿里·拉扎及他的家人当作自己的朋友，很尊重他们，就如自己的亲戚一样。

阿里·拉扎还与苏拉依·法塔赫·汗一家关系很好，而且他和苏拉依·法塔赫·汗的儿子哈米德·阿里在同一所学校一起学习了一段时间。因为父辈阿里·纳瓦兹·汗和苏拉依·法塔赫·汗的友谊，阿里·拉扎和哈米德·阿里也建立了牢固的友谊。在阿里·纳瓦兹·汗和苏拉依·法塔赫·汗还在世的时候，他们两家人就建立了很好的关系，即使在他们过世后，关系依然稳固。星期天的时候，阿里·拉扎和哈米德·阿里会经常去彼此的家里玩儿。而且两人的母亲也将对方的家当作自己的家一样，她们对彼此的情况和生活状况都了如指掌。

江·比比一直操心她儿子的婚姻大事，她儿子又工作繁忙，尤其是她丈夫死后，她就更加操心这个问题了。她也为她儿子找了一两个姑娘，但是阿里·拉扎不同意，他说："结婚是一辈子的大事，你为什么这么着急？"而他不结婚的借口是：首先因为她们保守的穿着。其次，是因为他很熟悉这些女孩的家庭，他知道她们都是文盲。阿里·拉扎的母亲曾为此对他生气过，也为此很难过，每每想起此事，眼泪就情不自禁地顺着脸颊滑落，她有时候想，自己可能活不到儿子结婚的时候。

一天晚上，江·比比因焦虑醒来，深深地叹了口气，睡在她身边的女仆玛丽亚姆也跟着醒了，问："夫人，你今天怎么睡不着呢？"江·比比说："我该怎么跟你说呢？我只是想起了一些烦心的事情，就失眠了。"玛丽亚姆说："夫人，你怎么了呢？"

江·比比说："首先是阿里·拉扎的婚姻大事。他已经长大了。

世界上哪个母亲不渴望看到自己儿子早日结婚，过上幸福的生活呢？而我为了这个儿子吃尽了苦头。每当我在他面前提到结婚的事情，他就会转过脸去，或者直接起身离开。我的命苦啊！”

玛丽亚姆说：“是的，夫人，现在的时代就是这样的。”

阿里·拉扎就睡在离她们不远处，她们的谈话吵醒了他。而当他听到他的名字时，他也睡不着了，他从床上爬起来，走到她们身边说：“亲爱的妈妈，你今天又失眠了，怎么又说到这件事儿上了呢？”

江·比比的声音充满着委屈：“儿子，我们几乎无法入眠。”

玛丽亚姆说：“孩子，妈妈说得没错，你也太固执了，人家平凡老百姓家的孩子都没挣到钱就结婚了，而你呢？收入可观，却还在争辩着不愿结婚。”

江·比比悲伤地说道：“算了吧！玛丽亚姆，我已经撞过他这堵南墙了，你也别说了。随他去吧，这小子是想让他妈妈死，这样他就可以想跟谁结婚就跟谁结婚了。”

此时，阿里·拉扎俯下身，握住他母亲的脚说：“妈妈，你别这样说，愿真主庇佑你，你别难过，你说什么我都会接受的。孩子哪有理由不听父母的话的？但是听也要合理才行，父母也要尊重孩子们的意见和考虑。”

江·比比问道：“你说呀！我什么时候没听你的意见，没考虑你的感受？你总说你还年轻，也只是在挣些小钱，但这都算什么问题呢？难道你要等到胡子变白的时候才结婚吗？难道要等你挣到了葛伦[1]（Qaroon）的财富才会结婚吗？”

---

[1]葛伦：英译为Qaroon，伊斯兰教早期历史传说中的一个很富有的人，在人们心中是一个富足和吝啬的形象。

阿里·拉扎回答说："妈妈，当初，你给我安排结婚对象时我还太年轻，而且也还没有工作，这才是我拒绝您的主要原因。人们都觉得要早点成家立业，但我从我接受的教育和日常见闻中感觉，早婚其实是一种折磨。一方面，男人在年轻且没有工作的状态下就已经是父母的负担了，娶妻后更加重了这个负担；另一方面，早婚还可能葬送很多的发展机会，尤其当有了小孩子后，男人也就跟着很快变老、变弱了。相比于工作挣钱，婚姻对于男人来说不是件大事，我现在连工作都没有，完全是自顾不暇的状态，哪有心思考虑婚姻？啊！妈妈！愿真主庇佑，如果我们家那时候遇到困难，我该怎么办呢？这就是我拒绝这么早结婚的理由，但现在真主庇佑，我也有了工作，减轻了家庭负担，现在你想做什么就去做吧！我都不介意。"

江·比比一直静静地听着儿子诉说这一切，直到她了解了事情的前因后果，她说："先别提这件事了，但三四个月前，我给你介绍承包商沙赫巴兹·汗（Shahbaz Khan）的女儿和谢赫·阿里·巴赫什（Sheikh Ali Bakhsh）的女儿，他们两家都认识你的父亲，都没有拒绝我们家的提亲，当时难道不是你说你不想结婚吗？你有问过我的意见吗？自从英国人带来新潮思想后，还有谁会为这些事征求父母的意见？现在都是男孩们自己为自己做主，如果当时你听我的话，我今天都能抱孙子了。"

阿里·拉扎说："妈妈，请原谅我，我之前之所以不同意你给我介绍的婚事，是因为我们只知道这些人的名字，我们甚至完全不了解这些女孩，不知道她们长什么样，也不知道她们是否接受过教育，是否会读书写字。我们完全不知道这些情况，只知道她们来自比较尊贵和富有的家庭，这是不够的，而你所得到的信息也只是那些爱夸大其词的中间人提供的。我必须要亲自知道这个女孩是否性格良好，是否接受过教育，是否知道阅读和写作。如果我能亲自知道这些女孩们的信息，甚至能亲眼看见她们，那就更好了。”

江·比比有点生气地说道：“儿子，那你先去睡觉吧！关于你提到的事情，我们可以替你去打探一下。事实上，我们已经知道了这些女孩子们的情况，读书和写字并不是这里的贵族家庭对女孩的必须要求，我也不知道哪里有这样的女孩。而且女孩子们既不用当文秘，也不用给任何政府部门工作，所以他们的父母没必要让她们学习如何阅读和写作，她们只需要知道如何背诵《古兰经》和做礼拜就够了，况且我给你介绍的这些女孩们都已经知道这些了。另外，谁会愿意把自己的女儿托付给你并提前给你看呢？”玛丽亚姆听到这儿也笑了，说：“孩子，天呐天呐！好吧好吧！现在我们就想办法按你的要求来物色，让你先看看女孩子，看你喜不喜欢，如果你喜欢就没问题，如果不喜欢就再看吧！”

江·比比说：“放弃吧！玛丽亚姆，他这辈子可能都和婚姻无缘！我已经看透了，我阿里家的香火迟早要被他断了，如果他一直这个样子，这一天也就不远了。”

阿里·拉扎坦率地说：“妈妈，我这样说你可能会生我的气，但是我依然觉得结婚是一辈子的大事，如果我暂时为了讨你开心而去结婚，那我后面一辈子都会后悔的，也会很不幸。与其这样子和别人结婚，我还不如忍受你的怒火呢。”

说到这里，玛丽亚姆忽然打岔道：“夫人，我们认识这样一个女孩，她是苏拉依·法塔赫·汗的女儿，我们每次去找她，她都在忙着读书和写字，要不是有时候还要忙于缝纫工作，她会一直沉迷在知识的海洋里。”

江·比比说：“玛丽亚姆，你说得对，她在阅读和写作方面甚至和拉扎一样聪明。周围人还常因为她身为一名女孩子却着迷于读书写字而取笑她。她不仅性格好，而且长相好看。”

玛丽亚姆说：“我从巴赫塔瓦尔那里听说，已经有很多人向她家提亲了，她可能很快就会结婚。就连赛特·古尔·穆罕默德这样的大人物都想让自己儿子和她结婚，而且赛特家已经上门提亲了，但是吉纳特家还没做决定。”

江·比比说：“玛丽亚姆，我们在这世上还缺人情关系吗？但是我的儿子总是一副高高在上的样子，他想娶的人是天上的仙女。不过吉纳特·巴奴这个女孩真的很不错，几乎没什么缺点，你合计一下，我们想办法让拉扎先见一见她，如果他喜欢，那我们也还是有机会的。”

阿里·拉扎兴奋地仰起头说：“妈妈，如果你觉得苏拉依的女儿[1]不错那就太好了，其实我也很喜欢她，而且我们两家很熟悉彼此的情况。我上次见到她时，就喜欢上她了。”

玛丽亚姆惊喜地说：“孩子，你在说什么？你是什么时候见过吉纳特的？”

阿里·拉扎说：“那大概是在两个月前，我去她家找她哥哥哈米德·阿里，刚好哈米德有事出去了，我坐在他家院子里等他。刚好这时，一声尖叫从他家里传了出来，巴赫塔瓦尔紧接着就跑到门口对我说：‘孩子，有一条蛇爬进了房间里。’我急忙跑进那个房间，这时，

---

[1]苏拉依的女儿：指吉纳特。以前巴基斯坦的传统，异性之间不可随意称呼对方的姓名，因此阿里·拉扎在这里用“苏拉依的女儿”称呼吉纳特。

尽管巴赫塔瓦尔不停地叫喊着说‘盖头盖头’[1],但由于当时场面比较混乱，屋里的人并没有听到她的叫喊声。我就跟着巴赫塔瓦尔走进了那个房间，苏拉依的女儿就站在那里，她的模样完全展现在我眼前，当时我惊呆了。而她也惊呆了，双手捂着脸径直跑到母亲旁边的大房间里去了，然后巴赫塔瓦尔立马关上了那两个房间之间的门。而我在房间的角落里抓住了那条蛇，并用斧头劈死了那条蛇，把蛇挂在斧头上带了出来。那个房间应该是苏拉依的女儿的，因为里面有很多关于阅读和写作的书籍，房间里的其他物品也摆放得很整齐。从那一刻我就知道，苏拉依的女儿不仅漂亮，而且有才华，还能写会读。”

玛丽亚姆点了点头说：“是的，孩子，你说得一点没错！”

阿里·拉扎感慨地说：“妈妈，那我们就不要再拖延此事了，现在这件事你可以全权负责，但是以后你可就不能再说你想让我早点结婚，而我不依你了啊。”

江·比比回答说：“儿子，没问题，但是如果他们家已经同意了赛特这种大人物家的提亲，那就没办法了。”

阿里·拉扎说：“那我还能怎么办？只是，我肯定会非常难过，因为很难遇到这样好的姻缘了。”

江·比比说：“好吧！孩子，过一两天我会去一趟苏拉依家，找个机会跟她家谈谈这件事，就要看你命中注定的缘分是不是吉纳特了。”

他们聊着聊着，天已破晓，新的一天已经到来，女仆玛丽亚姆起身开始打扫房子，阿里·拉扎和江·比比起身去做祷告了。

---

[1]盖头：穆斯林传统女性不可向陌生男性展露面部和头发，但在自己家里可以展露面部和头发。在小说中，女仆巴赫塔瓦尔知道有男性阿里·拉扎要进屋里帮忙抓蛇，赶紧提醒屋里的吉纳特用头巾遮盖自己的头和面部。

第四章

新时代的女孩

在第一章中我们提到沙哈·巴奴夫人和女仆巴赫塔瓦尔正在谈论女儿吉纳特·巴奴的婚姻。吉纳特·巴奴正忙着诵读《古兰经》，结束后，她又习惯性地读书学习了三个小时，然后拿起一个刺绣箍开始在帽子上绣花。此时，巴赫塔瓦尔把午饭也做好了，哈米德·阿里也从学校回来了，他们便一起开始吃午饭。

饭后，哈米德说："我已经和阿里·拉扎约好了等会儿见面，所以我现在就要出门了。他说他从一个英国人那里借了一些书，这些书籍里有一些国外的建筑物和工厂的图片，我们约好要一起看看。"说完他就急忙要出门。

哈米德正要出门的时候，他妹妹吉纳特连忙说："大哥，刚才你提到的那些书，如果你能借用一段时间的话，可以拿回家给我看看吗？"

哈米德说："好的。"

春困夏乏，此时正是炎炎夏日，沙哈·巴奴夫人吃完午饭就去另一个房间午休了。这时，女仆巴赫塔瓦尔很想找个机会和吉纳特聊一聊，在盘子里装了香蕉和菠萝，带着水果刀向吉纳特·巴奴的房间走去。

吉纳特："布阿[1]（Bua），你带来了什么？"

巴赫塔瓦尔："香蕉啊！"

吉纳特："从哪里来的？"

巴赫塔瓦尔说："早上你没看到赛特·古尔·穆罕默德家的人来我们家了吗？他们送了很多水果和贵重的礼品，那些东西都放在房间里了。"

吉纳特突然生气地说："我妈妈在做什么啊？为什么要接受陌生人的礼物啊？"

巴赫塔瓦尔："你别这样说，外家人也是可能成为自家人的，这是社会的常态。"

吉纳特一脸疑惑地说："不知道你在说什么，我不明白你是什么意思。"

巴赫塔瓦尔："可怜的赛特已经给我们送了很久的礼物了。而且每次我去他们家，他们家都非常尊重我，我甚至无法向你形容他们对我有多好。"

吉纳特疑惑地问道："布阿，今天你怎么开始赞颂赛特家了？而不是赞扬我们的真主和先知，你今天是怎么了？"

巴赫塔瓦尔："只有人好才会受到别人赞扬，赛特的儿子也是一个非常优秀的孩子，我每次去他们家时他一直跟着我，他成年后肯定会成为一个像钻石一样耀眼的人。"

吉纳特："然后呢？"

---

[1]布阿：英译为Bua，为敬语，多指姐妹、姑姑、大妈、大婶、阿姨等。

巴赫塔瓦尔："吉纳特，我希望你能嫁到这样富裕的人家。"

吉纳特："布阿，今天你来我房间的目的是不是就是来打趣我的啊？我把你当成妈妈一样，有时还会跟你一起嬉笑打闹，而你作为长辈竟然来和我谈我妈妈都不会和我谈的事情，今天你是怎么回事？"

巴赫塔瓦尔："孩子，我说的有什么问题吗？女儿就像家里的雀鸟一样，你自己也很聪明，难道你不知道最终你必须要有自己的家庭吗？不能永远只待在父母家。"

吉纳特："你说得也没错，虽然我很不好意思跟你谈论我的婚姻大事，但是今天你既然已经直言不讳跟我聊起了这个话题，并且把一切都告诉我了，那我也告诉你我的心里话，请真心为我祈祷。我希望我能遇到一个我自己中意的好人，毕竟我要跟他过一辈子。"

巴赫塔瓦尔："为什么呢？赛特家有什么不好？一个女孩儿要多幸运才能找到这样的家庭，家财万贯、女仆成群的。"

吉纳特："那这样的幸福有什么用？你自己说过赛特的儿子很矮，难道你不觉得你在乱点鸳鸯谱吗？"

巴赫塔瓦尔："你为什么要这样说呢？现在他的个子是不高，但是以后会长高的呀。就像你自己也一样，以前你的个子也不高啊，但今天不也长成了一个亭亭玉立的大姑娘了吗？"

吉纳特："布阿，对我来说，财富是不能给我带来幸福和快乐的，钱财本来就是身外之物，今天富有并不代表明天依然富有。一个家庭只是富有对一个女人来说是不够的，更重要的是要看这人的人品和性格，他的人品好坏对未来的生活才最重要，如果我完全不了解这个人的人品和性格，我怎么能把一辈子的希望寄托在这样的人身上呢？布阿，你实话告诉我，你说的这些话是你的意思还是我妈妈的意思？不要隐瞒我，因为我也从来没有对你隐瞒过任何事情。”

巴赫塔瓦尔：“孩子，事实是我确实很为你的终身大事操心，而你妈妈也是这样想的。”

吉纳特：“那你实话告诉我，我妈妈是不是已经同意了赛特家的提亲？”

巴赫塔瓦尔：“不是，你妈妈还没同意，她还在赛特家和其他提亲对象间犹豫不定。”

吉纳特：“其他提亲对象？”

巴赫塔瓦尔：“上周五晚上你没看到那些果酱和玫瑰香水吗？这些就是那个律师穆罕默德·冉姆赞送来的，那个可怜的律师也在为你努力着呢。”

吉纳特：“布阿，你说的不会是那天晚上哥哥在聚餐时提到的那个律师吧？人们都议论说他虽然是一个有钱人，社会地位也不低，但他极其小气，即使在真主指引人们应该对穷苦人民布道施恩的这方面，他也一毛不拔。除此之外他还有饮酒的习惯，经常酩酊大醉，他甚至会殴打自己的妻子和家人。”

巴赫塔瓦尔：“没错，就是他。”

吉纳特：“你们都已经听说了关于这混蛋的这么多的负面消息，居然还接受这个混蛋的礼物！我们自认为出身高贵，怎么能忍受这个混蛋这样的行为呢？而且他已经有妻子了，他妻子的这种可怜处境已经世人皆知，谁还会愿意跳进这个火坑呢？”

巴赫塔瓦尔：“孩子，我们不是这个意思，不说这个律师了，其实你妈妈考虑的是你表弟阿米尔·阿里。”

吉纳特：“他是我表弟没错，那然后呢？他不会说话，是个哑巴，你们想把我交给这样的人吗？妈妈怎么能这样对我？她还不如亲手毒死我，这样我也能免于痛苦，大家也都能免于痛苦。”

巴赫塔瓦尔：“愿真主保佑，我们都希望你能获得幸福，你能衣食无忧，儿孙满堂。我们都希望能看到你幸福，但孩子，自己人终归是自己人，他是你舅舅的儿子，你们同宗同族，而他父亲还健在，阿米尔为什么要自己去挣钱呢？只要他们家有肉吃就不会让你啃骨头的。”

吉纳特：“布阿，要敬畏真主，没有人会长生不老，父母也有老的一天，人要学会自食其力，一个人如果不能自食其力，那他在这个世界要怎么生活下去呢？怎么能担起家庭的重担呢？布阿，不要这样，看在真主的分上，救我脱离这火海吧，与其拥有这样的婚姻还不如我自己一个人过一辈子，单身的悲伤都比这种婚姻好得多。嫁到舅舅家还不如我一直住在自己家，毕竟，我在自己家住没什么需要忧心的，如果妈妈觉得我是个负担，那我会努力缝纫赚钱自己过日子。至少这样我不用跳这个火坑。”

巴赫塔瓦尔：“孩子，你说得没错，但你妈妈希望你能嫁给阿米尔啊。”

吉纳特：“布阿，你要尽你所能帮我，我知道，你一直把我当自己的孩子一样爱我，如果你能说服我妈妈不要这样做，那我将非常感谢你。虽然作为女儿，反对妈妈为自己做的决定是不合情理的，但这件事涉及我的终身幸福，我现在所能做的就是请求你们千万不要这样做。也请你尽力尝试说服我妈妈别这样做，那么事情还会有回旋的余地。”

巴赫塔瓦尔：“孩子，那你真的一点都不想结婚成家吗？你知道女孩子终究是要嫁人的，要成为别人家的人的，也知道咱们的亲邻好友们有多爱指指点点，他们都是看热闹不嫌事大的。如果一个女孩一直和父母住在一起，那么那些人肯定会议论纷纷说‘某某家闺女嫁不出去’之类的话。这对我们来说也不是一件好事，毕竟，结婚成家才是社会常态，这也是真主和先知给我们的圣令，我们也有义务遵守它。”

吉纳特：“你说得没错，但是谁会明知是火坑还要坚持往下跳呢？”

巴赫塔瓦尔：“那你到底想要什么样的婚姻？也不可能凭空从天上给你掉下来一个如意郎君呀，也不知道你喜欢什么样的家庭[1]，我们现有的几个家庭也都跟你说了。”

吉纳特：“布阿，家庭环境并没有那么重要，家里是穷还是富这对我来说都不重要！我只是觉得即使家庭不富裕，但只要高贵，也比那些富裕却不高贵的家庭好。就算收入不高也没什么关系，对方品行高贵、受人尊敬才是最重要的。对方要是一个彬彬有礼的人，要有文化，有能力，年龄相仿，和这样的人才能过上和睦幸福的生活，即使对方不是来自一个富裕家庭也没关系。我也在书上看到，夫妻之间一定要彼此信任，要共同进步，才能过上幸福的生活。只要彼此信任，就能像神仙眷侣一样；反之，那生活就像地狱一般。布阿，你是过来人，你说我说的可有道理？”

巴赫塔瓦尔：“孩子，你说得对。愿真主保佑，你会找到一个像月亮一样皎洁美好的新郎。那我先出去了，我会亲自跟你妈妈再谈谈这件事的。”

---

[1]家庭：小说中用的是“不知道你喜欢什么样的人家”，因为那个时期的穆斯林是不会直白地问年轻人“你喜欢什么样的男孩/女孩”，而是用“家庭”替代。

说完，巴赫塔瓦尔就离开了。吉纳特·巴奴也开始为晌礼祈祷做准备。过了一会儿，沙哈·巴奴夫人也来到了院子里，一切都如往常一样没什么特别。傍晚时分，哈米德带着两本厚厚的书籍也回来了，兄妹俩正忙着看书，忽然哈米德对沙哈·巴奴夫人说："妈妈，明天会有个客人来咱家。"

沙哈·巴奴夫人问："谁啊？"

哈米德·阿里回答说："今天我去了阿里·拉扎家，临走的时候，他家人从屋里传话[1]给我说，她们已经很久没来过咱家了，明天她们会来咱家拜访，而且会一直待到晚上才回去。"

沙哈·巴奴夫人说："欢迎欢迎啊。"晚饭后，大家纷纷洗漱休息了，巴赫塔瓦尔因忙于家务到最后才休息。睡觉前，她看到沙哈·巴奴夫人还没睡，便走到她身旁，给她边按脚边说："夫人，今天我和吉纳特争论了很久。"

沙哈·巴奴夫人问："因为什么事情呢？"

巴赫塔瓦尔："就是昨天上午我们聊到的那件事，你不是还特意让我去探探她自己的心思吗？"

沙哈·巴奴夫人急忙接着问道："你快说，我女儿是怎么想的呢？"

巴赫塔瓦尔说："夫人，她完全不同意我们说的这些建议。昨天上午我们谈到的那些提亲对象，没有一个能入得了她的法眼。"

巴赫塔瓦尔说："吉纳特说，母亲的要求在她那儿是有绝对权威的，母亲甚至可以决定女儿的生死，但是关于她自己的终身大事这件

[1]从屋里传话：小说用的是"从屋里传话"，没说明是谁传话，因为根据当时的穆斯林传统，家里的女人们是不会和外来男性面对面交流对话的，只能隔墙传话。

事情，征求她的意见也是非常重要的。她觉得财富和亲戚关系对她的婚姻都不重要，反而相仿的年龄、高贵的品行、丰富的学识、良好的职业、高尚的道德情操和对方的聪明才智才是最重要的，而我们谈到的这些提亲对象都没有这些品质。”

沙哈·巴奴夫人说：“巴赫塔瓦尔，这个时代是怎么了？儿子要自己做主，现在女儿也要自己做主。真主难道都不庇佑我们了吗？要把福气都带离我们的国家了吗？你看，现在不仅粮食价格上涨，而且女儿也不听父母的话了，父母给她选的人家还要她自己喜欢才行，她要是不喜欢就不行。”

巴赫塔瓦尔说：“夫人，你说得不错，但你女儿说得也没错，而且她完全没有隐瞒自己的想法，虽然刚开始谈的时候她还有点害羞，但是当我按你交代的去问她的心里话时，她就开始跟我争论起来。在这之前我也同意你的观点，但是吉纳特的一番言论却说服我了，她的想法是：我们的安排确实是可以帮她完成婚姻大事，但是这样的安排让她不知道怎么去面对她未来的生活，我们都不能长生不老，也不能陪吉纳特一辈子。俗话说，十年河东十年河西，现在富有不一定未来也富有，而且财富并没有那么重要，都是身外之物。结为夫妻后一起过日子的人是他们，父母不能替他们生活，只要他们小两口能相互信任，即使不富裕也会获得幸福的。反之如果他们两个都不彼此信任，那他俩生活在一起就是彼此折磨。”

沙哈·巴奴夫人说：“你说得没错，但是女孩子年纪越拖越大，而且她父亲已经过世了，如果哪天我也走了，那留下这个丫头该怎么办呀？想到这里，我就心急如焚啊。”

巴赫塔瓦尔说：“你为什么要如此着急呢？真主会保佑我们，你会见证吉纳特的幸福的。真主恩赐，我们的吉纳特是万里挑一的好姑娘。再说一个普通女孩都能遇到一个好男孩，而我们的吉纳特可是耀眼的钻石，相信真主，一切都会好起来的，不用担心。”

沙哈·巴奴夫人说：“巴赫塔瓦尔，你说得对，真主无所不能。”

说完，巴赫塔瓦尔去休息了，沙哈·巴奴夫人陷入沉思中，没一会儿也睡着了。她做了一个梦，梦里看见了她的丈夫苏拉依·法塔赫·汗，他从长途旅行中回到家，带回来了两三捆衣服和一箱甜品，他对她说：“你操心吉纳特的婚姻大事，现在就为她的婚事做准备吧！我一直都跟你说，外家人比你安排这种本家人好。但是你固执己见，觉得外家人就是外人，没有用！如果你愿意听我的，肯定不会有事的。如果她命中注定要经历悲伤和痛苦，那我们也无能为力的，但是你最好还是听我的。”此时沙哈·巴奴夫人睁开双眼从梦中醒来，开始回想梦境。她心里寻思，女人的梦都是要按相反的意思来解读的，梦见一个已经不在世的人预兆着什么？此时，巴赫塔瓦尔被她着急的呼叫惊醒。沙哈·巴奴夫人叫巴赫塔瓦尔坐在她旁边，把刚才的梦境告诉了她，说她非常着急难受。

巴赫塔瓦尔说：“夫人，你梦见的是苏拉依啊，为什么要为这个着急难受呢？我们的苏拉依一直都想把最好的留给我们所有人，他这是给我们带来了好消息啊，慢慢来，相信真主，一切都会好的。”沙哈·巴奴夫人听到这话，一颗悬着的心也放下了，然后她默念了一遍祈祷语就睡着了。巴赫塔瓦尔也回到她自己的床上了。

第五章

吉纳特的喜讯

夜晚已结束，清晨降临。吉纳特家开始了新一天的劳作。完成祷告后，吉纳特·巴奴开始诵读《古兰经》。她哥哥哈米德也准备去上学。沙哈·巴奴夫人跟巴赫塔瓦尔说："江·比比今天要来我们家，快去买点菜，尽快准备午饭。对了，多买点肉回来。"然后她对女儿喊道："孩子，你给点钱给巴赫塔瓦尔去买菜，等她买菜回来你也帮忙一起准备午饭，等会儿我可能没空帮忙。"

听到妈妈的吩咐，吉纳特轻轻放下手中的《古兰经》，把菜钱给了巴赫塔瓦尔，也跟她交代了需要购买的东西，随后她又坐下来继续诵读《古兰经》。很快，巴赫塔瓦尔买完菜回来，开始准备做午饭。吉纳特·巴奴也已经完成了当日《古兰经》的诵读，像往常一样，她拿起一块抹布就开始擦拭家具，然后她便忙于其他日常事务。

早上九点左右，一辆马车停在吉纳特家门口，里面坐着一位穿着罩袍的女人，还有一个女仆和一个年轻小伙子。这就是江·比比和她的女仆玛丽亚姆，那个年轻小伙子就是阿里·拉扎。他把他妈妈江·比比和女仆玛丽亚姆送到苏拉依·法塔赫·汗的家中后，便乘坐同一辆马车回家了。

阿里·拉扎的父亲阿里·纳瓦兹·汗曾制定家规：如果他的妻子想要外出去不远的地方时，她可以自己走路去，但是一定要有一名女仆和一名家中男性陪同一起；如果要去一个离家较远的地方，则需要租一辆马车，坐马车外出。这也是当时女人们出行时的社会传统。另外，当时，当地女人们外出还需穿罩袍，那时的罩袍通常为伊朗风格或帕坦（Pathan）风格。由于阿里·纳瓦兹·汗与当时的统治者塔尔普尔政府有联系，所以他家女性出门必须要按这个社会习俗行事。而当塔尔普尔政权结束后，女人们乘坐马车出行的传统渐渐被轿子取代。但面对贫困和不断变化的社会，人们不得不改变出行方式，采用步行和租车的方式出行。

阿里·纳瓦兹·汗虽然来自异国他乡，但是他是一个很聪明的人，他了解信德省穆斯林的传统习惯，所以他知道女性罩袍在当地的重要性，也按当地的宗教习俗来要求自家的女眷，这样的要求也给他避免了不少社会礼节方面的麻烦事儿。

苏拉依·法塔赫·汗家的情况则与此不同，苏拉依家要求家中女眷必须严格穿戴传统罩袍，甚至非常反对家中女眷出门，每当不得不有外出需求时，严格穿戴罩袍是必须的，无论距离多近，都必须乘坐轿子。

此时，江·比比和她的女仆玛丽亚姆一起走进了苏拉依·法塔赫·汗家，大家一起围坐在屋里的一个大房间里，两位家中女主同坐在一张床上，吉纳特·巴奴坐在另外一张床上，玛丽亚姆则坐在床前的坐垫上了。由于两家人许久没见面，大家一坐下就开始互相寒暄起来。

江·比比和沙哈·巴奴夫人忙着唠嗑，吉纳特·巴奴则走到厨房帮巴赫塔瓦尔准备午饭。快到饭点了，于是她们又给家里其他两个炒菜炉子生起了火，很快就把午饭做好了。

吉纳特·巴奴在她的房间里铺好地毯，放好餐桌，并把吃饭的餐盘放在旁边，然后她走到大房间里说："妈妈，饭已经做好了。"此时，哈米德从学校里回来了，阿里·拉扎下班后也来到苏拉依家，两个好朋友热火朝天地在外面聊着天，而为他们单独准备的饭菜也已经被装在一个小托盘里送到外面了[1]。

巴赫塔瓦尔将洗手盆和水端到江·比比、沙哈·巴奴夫人和吉纳特面前，三位家中女主洗完手后便坐下来准备吃午饭，女仆玛丽亚姆和巴赫塔瓦尔开始给三位家中女主扇扇子。三人都轻声念读完比斯米拉[2]（Bismillah）后便开始吃饭。

江·比比说："夫人，你为什么要这么辛苦？哪里吃得下这么多呢？"沙哈·巴奴夫人说："老姐，哪里会辛苦，薄面饼、米饭、肉，这都是些家常菜，没特地准备什么。"

江·比比说："夫人，你准备了这么一大桌子饭菜，还说没准备什么！我哪吃得了这么多。我已经很久没有吃过这么美味的鸡肉了，自从我丈夫在两年前去世后，我都不记得什么时候吃饱过了，不信你可以问玛丽亚姆。"

沙哈·巴奴夫人说："是的，老姐，如果你丈夫还在的话，生活就会好很多，也会更幸福。说实话，其实我的情况和你差不多，现在

---

[1]哈米德和阿里·拉扎单独在外面吃饭：这是传统穆斯林家庭的社会习俗，家中女眷不可与外来男性待在同一个房间里，包括吃饭也要男女分开。

[2]比斯米拉：指穆斯林的一种饭前仪式，意为"以真主之名"，说完便可开始进餐。

只是为了能生存下去，我们都必须扛起生活的重担。”

这时江·比比忽然转向吉纳特说：“闺女呀，这顿午饭真好吃，这个扎尔达[1]（zarda）、布拉奥[2]（pilau）、开尔[3]（kheer）和这个哈乐瓦（halwa）[4]都是你做的吧？哇，好吃得我都想舔手指了，我们怎么好意思让你这么辛苦为我们在厨房里忙碌呀！”

沙哈·巴奴夫人说：“老姐，她也只是在厨房给巴赫塔瓦尔打打下手，今天有贵客来，做餐午饭没什么的。”低着头吃饭的吉纳特对江·比比说：“夫人，只要你喜欢吃，那我的努力就没有白费。”

江·比比开玩笑说：“好呀好呀，如果你能一直这样对我们，那我们也会好好对你的。”

吉纳特回复说：“夫人，这是我的荣幸。”

她们就这样边吃边聊。吃完饭后，江·比比举起双手默念饭后祈祷语，感谢真主恩赐。 然后她们就都站了起来，巴赫塔瓦尔走到外面询问阿里·拉扎和哈米德·阿里吃完饭了没有，玛丽亚姆服侍三位女主洗了手。吉纳特从桌子的抽屉里拿出来小豆蔻和槟榔分给大家吃。这时巴赫塔瓦尔走回屋里卷起桌布，带玛丽亚姆一起去了厨房

---

[1]扎尔达：英译为 zarda，是一种传统的煮甜米饭，原产于南亚次大陆，由藏红花、牛奶和糖制成，并加入豆蔻、葡萄干、开心果或杏仁调味。扎尔达的名字来自波斯语“zard”，意思是“黄色”，因为添加到大米中的食用色素使其呈黄色而得名。

[2]布拉奥：英译为 pilau，一种抓饭，通常用高汤或肉汤烹饪而成，加入香料和其他配料，如蔬菜或肉类。

[3]开尔：英译为 kheer，是一种流行于南亚次大陆的甜食和布丁，通常由煮沸的牛奶、糖和大米制成。

[4]哈乐瓦：英译为 halwa，是一种将普通小麦粉放入油脂（如酥油）中烘烤，并添加甜味剂（如糖浆或蜂蜜）制成的食物。它可以作为早餐，也可以作为甜点。

里，她们这时才坐下来开始吃午饭，边吃边聊了起来。

吉纳特把房间装饰得非常漂亮，她将鲜花、图画、书籍和其他物品都整齐地摆放着。江·比比在她的房间里看了一会儿，称赞吉纳特是个心灵手巧的姑娘，说："吉纳特，你真是个灵巧的好姑娘，这点跟我家的阿里·拉扎简直一样，他也是习惯把自己的书和其他物品摆放得很整齐，他几乎整天都待在自己的房间里。"

然后她们三个女人走进大房间里，开始闲谈起来。江·比比说："闺女呀，你坐到我旁边来，你从早上开始就忙活儿，现在我们开心地聊会儿天吧！"

听到召唤后，吉纳特走过去坐到江·比比旁边，江·比比就开始夸赞起来："闺女，愿真主能赐给大家一个像你这样又有教养又聪明的闺女，哪家能娶你进门该多幸运呀。你哪像普通的闺女呀，简直就像儿子一样的能干！我这么说不是为了讨好你，不信你问巴赫塔瓦尔，我们经常谈到你。每当我们谈到儿女们，我就说我也是见过一些世面的，就算打着灯笼都找不到像你这么好的闺女，即使在富贵人家也很难找到像吉纳特这样灵巧贤惠的闺女。"

这时，吉纳特低着头，默默地听着。沙哈·巴奴夫人说："老姐，不管是女儿还是儿子，愿真主庇佑我们的孩子们。"

就在这时，巴赫塔瓦尔叫吉纳特出去帮忙，吉纳特走了出去。此时江·比比终于找到机会恳请道："老姐呀，我有一个不情之请，不知道能不能说？"

沙哈·巴奴夫人说："老姐，你说，你想说什么？"

江·比比说："老姐，你知道我们两家的关系很好，即使我们与自己的亲戚也没有这么好的关系。愿真主宽恕我的丈夫和苏拉依，赐予他们上天堂的机会。你还记得吗？当他们还在世的时候，那是多么美好的时光啊！而现在的情况是我们能偶尔见见面。我丈夫本来是外国人，但是现在我们已经都是这个国家的人了，我知道你们是体面人，我们也是。我家从来不会向你家隐瞒什么，希望你也能对我们敞开心扉，我希望有天你能让我儿子阿里·拉扎当你的儿子，这样我一辈子都会感谢你的。阿里他为人单纯、人品好，我们家的情况你也都了解，我们虽然不是你的亲戚，但是我们愿意听从你的一切吩咐，你就把我们当成你的奴隶，所以我诚恳地请求你同意我提出的请求。”

说完，江·比比心里暗自寻思：“沙哈·巴奴夫人会怎么回答呢？”想到这里，江·比比停顿了一下。但沙哈·巴奴夫人从来没有往这方面想，所以她一时竟不知道如何说起。

江·比比见势连忙说道：“老姐，不要生气呀，如果我说了什么不该说的，请原谅我啊！我也知道周围的人们都不看好我们这样的联姻关系，会有亲戚反对引发争吵，甚至有人会为此动武。但已故的苏拉依和你的想法不比常人，你聪明睿智，而且结婚成家就是这个世上的常态，先知和圣人也照样要结婚成家，那我们有什么理由不去这样做呢？老姐，你就抬起头来跟我说说你的想法吧，这样也能让我稍微放松点。”

沙哈·巴奴夫人不得不抬起头来说：“老姐，你跟我就像亲戚一样，在任何情况下，我们对彼此都没有隐瞒什么，今天你难得来我家一趟就是为了这件事，但是我还从来没有往这方面想过。”

江·比比说：“老姐，你可别这么说，我来你家可不是只为了这件事。我们也有好久没见了，我想念你了才来找你的，我更想找你聊聊心事。现在除了你，我还能跟谁聊这些呢？”

沙哈·巴奴夫人回答说："我明白你的意思，但是你知道我们有自己的亲戚。吉纳特有舅舅，有叔叔，还有许多其他的亲戚，他们也和你一样有想和我家结亲的意愿，而我还有哈米德，愿真主保佑他长命百岁，玛沙拉[1]（Mashaallah）！他也长大了，我也必须为他的未来做打算了。如果我同意了你的请求，我的亲戚那边就会离我而去，那我的哈米德就可能找不到老婆呀。"

江·比比说："老姐，你说得当然对，如果当妈的不为自己的儿子考虑，那还有谁会为他考虑呢？如果真主愿意，会在他的头上放萨哈拉[2]（sehra）的。好男孩怎么会缺想和他结婚的女孩子呢？我发誓，如果我有一个女儿，我肯定想把她许配给哈米德的，但是我很无奈，我没有闺女啊。你儿子就像我儿子一样，像阿里·拉扎一样，哈米德能结婚成家也将成为我幸福的源泉，我愿意为哈米德做所有事情，就像为我自己儿子做的那样，剩下的就交给真主吧！"

沙哈·巴奴夫人说："老姐，谢谢你能这样说，不过在这件事情上，每个家庭都要多加考虑才行。"

江·比比说："老姐呀，那我在这件事上恐怕是没什么希望了吧？你都不考虑我的满头白发而要拒绝我的请求吗？"

沙哈·巴奴夫人回答说："老姐，我不是这个意思，我只是说在这件事情上我们不能操之过急。关于这件事儿，我们一定要三思而后行，前后都要考虑周到，你让我好好想想再回复你。"

江·比比说："那你可不能忘了呀，我可等着听你的好消息呀。"

---

[1]玛沙拉：英译为Mashaallah，意为愿真主保佑他（她、它）避开邪恶的侵害。

[2]萨哈拉：英译为sehra，新郎在印度、巴基斯坦和孟加拉国婚礼上佩戴的一种头饰。这种装饰性的新郎面纱可以用花或珠子制成，并绑在新郎的头巾上。小说中意指哈米德会结婚的。

此时，吉纳特走了进来，两位妈妈赶紧打住谈话。她们一起在床上休息了一会儿，然后和大家一起完成祷告。之后，吉纳特拿来了她自己手工刺绣的帽子和库尔塔[1]，江·比比看到这些，心里特别高兴。

时间不早了，到了告别的时候了，阿里·拉扎已经把马车从城里安排过来了，并传话给屋里人说："车已经准备好了，您可以出来了。"江·比比穿上罩袍，准备告辞了，她边走边小声跟沙哈·巴奴夫人说："老姐，你可别忘了我们谈的事情啊。"又把吉纳特叫到身边，抱住她，亲了亲她的额头，说道："闺女，我们要经常来你家的，不知道你什么时候能来我们家玩儿呀？"

---

[1]库尔塔：英译为Kurta，是南亚次大陆地区女性穿的一种传统的长款服装，长度达到可以遮住女性臀部为宜，一般不超过膝盖，腰线以下的侧缝是敞开的，这样穿着者行动起来更自由。库尔塔通常被剪得又直又平。

第六章

提亲成功

自打开始谈起这门亲事，阿里·拉扎就坐立不安。他的母亲也应他的要求向苏拉依·法塔赫·汗家提亲了。此时的阿里·拉扎只关心提亲的结果如何，他母亲刚刚下车才进屋，阿里·拉扎便着急地问道："妈妈，成了还是没成？"他母亲说："小伙子呀，你也得先让我脱下罩袍，喘口气呀！如果真主愿意，一切都会没问题的。"

听完他便立即转向玛丽亚姆说："布阿，你告诉我，他们家定了吗？"

江·比比有点受不了，说道："小伙子，以前一点都不想结婚，你想要娶的是天仙，现在开始大喊大叫地来问提亲结果了。"

阿里·拉扎说："妈妈，我就随便问问，只是想知道你们有没有跟她家提这个事情？"

江·比比回答说："提了！提了！儿子，她家人都非常好客，但他们觉得结婚不是儿戏，他们需要一些时间来好好考虑。我们要相信真主！"

然后江·比比便开始分享起过去的一天发生的事情，并毫不吝啬地赞扬了吉纳特·巴奴，听到这里，阿里·拉扎的脸都涨红了。

晚上，苏拉依·法塔赫·汗一家人也围坐在一起，从江·比比的来访和美味的午餐开始聊起。哈米德便说，他和阿里·拉扎一整天都在看书和下棋。

晚上大家吃完饭后都去休息了。这时，沙哈·巴奴夫人将今天江·比比来访的目的告诉了巴赫塔瓦尔，接着说："我知道他们也是有尊严的人，阿里·纳瓦兹·汗也不是一个社会地位低下的人。现在他们的生活状态也很好，但他们总归和我们自己的亲戚还是有区别的，即使他们现在的日子过得很好，无论如何，外家人和亲戚还是不一样。"

巴赫塔瓦尔说："夫人，确实。但是吉纳特一点都不喜欢我们为她相中的亲戚和那些来家里提亲的其他外家人，当然如果她最终能同意，那便再好不过了，但她肯定能讲出这段关系中的一百个缺点。"

沙哈·巴奴夫人说："是的呀，妹妹！谁知道呢？！"

巴赫塔瓦尔接着说："那哈米德的婚姻大事怎么办呢？现在儿女的亲事就像互换交易一样，如果你选择自家亲戚，那他们也会愿意把自己的女儿许配给哈米德，即使选择外家人，那他们也应该为哈米德未来的亲事承担责任，现在他们那边是怎么说的呢？"

沙哈·巴奴夫人回答说："他们还能说什么呢？江·比比说她也会将哈米德视为己出，像对待阿里·拉扎一样对待他，她会努力让哈米德戴上新郎的萨哈拉。她说的这点，我信。话说回来，吉纳特要是自己能同意这门亲事那就最好了，如果过于担心哈米德的亲事而让吉纳特年纪越拖越大就不好了。女孩子在娘家就像茉莉花蕾，要到婆家的院子里开花才好，而把年轻的女儿一直留在家里可不是什么好事。如果这门亲事可以的话，那闺女结婚成家的重担也终于可以从我肩上卸下来了。我也可以专心为哈米德打算打算了。现在的男孩子们也都学过英语，他们都想娶自己心仪的女孩子，你没听到那天哈米德开玩笑说什么吗？”

巴赫塔瓦尔说：“是呀，夫人，确实是这样，我希望吉纳特能同意这门亲事。而且江·比比的儿子是符合她的标准的，这孩子受过良好的教育，如果只因他是个外家人这一点不好，那不应该成为阻碍这门亲事的原因。”

沙哈·巴奴夫人说：“巴赫塔瓦尔，我一直在想我昨天告诉你的那个梦。苏拉依已经在梦里告诉了我关于这件事的好消息，也安慰了我着急的心，这是不是就是对这个梦的解释呢？”

巴赫塔瓦尔回过神来吃惊地说：“是的，夫人，你说得对，我差点儿都忘了这茬了。哇！你看，这梦和现实不就连接起来了吗？看，最后还是逝者给了我们帮助，愿真主保佑苏拉依，谁敢说苏拉依不在我们身边了呢？我当时就跟你说过苏拉依是个好人，他会为你祈祷的。他现在只是一个自由的灵魂罢了，他已经预知了一切。夫人，你就听我的吧，以真主的名义同意这门亲事吧！”

沙哈·巴奴夫人说：“巴赫塔瓦尔，明天你这样做，先去问问吉纳特的想法。而我会亲自告诉哈米德·阿里这件事，毕竟，他也长大了，是家里唯一的男性，也是我们家的继承人。”

第二天很快就来临了，太阳缓缓升起。诵读完《古兰经》后，吉纳特就坐下来开始做女红。这时沙哈·巴奴夫人去洗澡了，巴赫塔瓦尔放好面部泥膜和水，找到机会，坐在吉纳特身边说道：“对了，闺女，你觉得昨天来的客人怎么样呀？”

吉纳特回答说：“我该怎么说呢？时间在欢声笑语中过得很快，客人们都很开心。江·比比是一个非常单纯的女士，她非常爱我们。”

巴赫塔瓦尔说：“是的是的，但是他们是为你而来的。”

吉纳特问道：“为我而来？他们以前都没见过我吗？”

巴赫塔瓦尔正襟危坐，说：“她是来向咱家提亲的，江·比比为她儿子诚心地向你的妈妈提亲了。但是你妈妈还没有给她回复，可怜的她该怎么回复人家呢？现在的男孩儿女孩儿们什么时候会听长辈的呢？闺女呀，现在你也说说你的心里话，说说你对这门亲事有没有什么不满意的。”

吉纳特害羞得红了脸。巴赫塔瓦尔继续说：“按照你那天跟我说的那些话，她儿子已经达到了你的标准，你也知道江·比比的儿子是受过教育的，会赚钱，他们拥有真主赐给他们的一切，长相也不错，也是尊贵家族的孩子，虽然不是亲戚，但关系比亲戚更亲近。我们的苏拉依和阿里·纳瓦兹·汗有着深厚的友谊。现在你知道你该做什么了吧？你可怜的母亲在那天之后一直不敢给人家答复，因为没人听她的话，她只能一言不发。”

吉纳特说：“布阿，不知道妈妈为什么要生气呀？我已经告诉过你，做子女的怎么会忤逆父母呢？我的想法和妈妈的想法是一样的，关于江·比比家的情况我都了解，他们对我们来说并不是外人，如果妈妈同意这门亲事，那我也同意。”

巴赫塔瓦尔从吉纳特的语气中意识到她并不反对这门亲事，然而，为了进一步说服吉纳特，她开始赞扬起江·比比和她儿子的性格来，甚至还开玩笑说，以后你有了自己的孩子就会知道，当你的孩子不听你的话时的感受了。她们正在谈笑风生的时候，沙哈·巴奴夫人已经洗完澡出来了，便呼叫巴赫塔瓦尔，巴赫塔瓦尔来到沙哈·巴奴夫人旁边并把这个好消息告诉了她，说：“你女儿同意啦，恭喜你啊。”说完巴赫塔瓦尔便忙她的工作去了。

下午，沙哈·巴奴夫人正在房间里休息，这时哈米德进来了，沙哈·巴奴夫人叫哈米德过来坐在她旁边，便提到了阿里·拉扎，简单地说了一下阿里·拉扎提亲的事情。哈米德是阿里·拉扎的好朋友，也很了解他的性格，他也满意这门亲事。

至于他自己的婚姻大事，他说：“关于我结婚成家的事儿，你着急什么呢？现在我都还不能自给自足呢。”然后他接着说：“我舅舅的女儿还小，也不知道什么时候才能长大，而且我也不喜欢这种类似交易的婚姻，当我觉得能自给自足，也到了适婚年纪的时候，我会为自己娶到老婆的，这点你不用担心。”沙哈·巴奴夫人知道哈米德受阿里·拉扎和其他朋友自由婚姻观的影响，她了解儿子心中的想法，所以她对此也不多话了。

吉纳特·巴奴同意这门亲事，是经过深思熟虑的。另外，那天江·比比和她母亲的私语就让她已经猜到了这个，随后江·比比也表现得比以前更加慈爱了，临走前江·比比还问她什么时候会去她家。因此，她确信江·比比和母亲的谈话就是在谈论结亲事宜。从那一刻起，她就自己默默在心里寻思这件事，她对阿里·拉扎家很了解，她还听到她哥哥称赞他的性格，因为他们是最好的朋友，她也见过他的长相，因为有天他忽然冲进她的房间帮忙杀了一条蛇，那时他们俩面对面地瞅见了彼此的长相。而且哈米德还有他的照片，哈米德把他的照片和他的书一起摆在他的房间里，吉纳特再次看到他的照片时，满眼都是他，这让她的心怦怦直跳。就在这短短的一段时间里，她发现她找到了想要的感情，而阿里·拉扎家也正是她所喜欢的样子。正因如此，当巴赫塔瓦尔提起这件事时，吉纳特并没有拒绝，而是用简短的语言阐述了自己的想法。而从巴赫塔瓦尔的讲话中，她知道她的母亲也同意了这门亲事，她的哥哥也会为此感到高兴。

从那一刻起，她的家人都开始为此感到开心，因为这件事就像是每个人心里压了一块石头一样，现在终于到了卸下重担的时候了。

阿里·拉扎的家人也同样很高兴，大概是在这次会面的两三天后，阿里·拉扎对他妈妈说："妈妈，最好从苏拉依家人那里打听一下事情的进展情况。现在沙哈·巴奴阿姨应该已经都想好了，我们最好早点知道答案，以免夜长梦多。"

这是个好建议。江·比比让玛丽亚姆给吉纳特家送去一些花篮做礼物，顺便给沙哈·巴奴夫人带去一封书信，说："我跟你聊的事情你想好了吗？因为从那一天起我们都在等待答复。"江·比比还跟玛丽亚姆交代了其他的事情，也让她一起转达给吉纳特家。身为女仆的玛丽亚姆经常替江·比比向不同的贵族家庭传信带话，她深知如何礼貌得体地询问并传达信息，最终她找到机会得体地向吉纳特家传递了信息。

沙哈·巴奴夫人已经想好了，她也了解了她儿子哈米德和女儿吉纳特的想法。她简单地说道："替我向江·比比问好，我们同意你们的提亲，不管我们的处境如何，既然你们已经向我家提亲了，而且我们两家人虽然不是亲戚，但是我们的关系比亲戚还亲，所以我们这边同意这门亲事，这都是命中注定的事情，是缘分。现在我们两家都要做好准备，然后我们选个好日子先订婚，订婚后再举行婚礼。"

玛丽亚姆收到这个回复不久就回来了，江·比比家在焦急地等待她回来。玛丽亚姆一回家就立马向江·比比和阿里·拉扎大声说："恭喜！"

收到好消息后的江·比比立马跑进屋里拿了一大块冰糖放进嘴里，全家都喜出望外，阿里·拉扎更是喜上眉梢。

第七章

新婚燕尔

那天之后，两家就开始筹备婚礼，开始选购结婚用的衣服和首饰。这是这两个家庭第一次有子女结婚，他们都是体面人家，都希望这场婚礼可以以一种盛大的方式举行。阿里·拉扎和哈米德·阿里也因此比以前更亲近了，不仅仅是挚友，他们都知道几天后他们的友谊将升华成真正的“亲朋好友”了！他们经常在一起谈论婚礼筹备事宜。

新时代的钟声已敲响，而作为新时代年轻一代的他们都清晰地听到了这响亮的钟声。他们都已经阅读了许多这方面的书籍，也汲取了很多优秀的新时代人物在这方面的新观点和新思想。因此，他们俩的想法不谋而合，都觉得这场婚礼应该要按照新时代的标准来举行，要摒弃那些不合时宜的陈年旧习。他们知道，婚礼一般都是家中女性在操办，家中男性一般不让过问太多；也知道彼此的母亲非常爱他们，他们俩也很尊敬彼此的母亲；家中大小事务他们的母亲一般都听取他们的建议，即使在这次婚礼中他们的母亲也听从了他们的建议，甚至他们俩一起商量并写下了一些关于举办婚礼的重要事项。

第一，他们决定订婚后一周左右就举行结婚仪式，以免夜长梦多，因为他们觉得如果订婚和结婚中间间隔时间太长，不仅会增加两家的花销，而且可能会对两家的友好关系造成不良影响。

第二，订婚仪式要精简，只需邀请双方家庭一些重要的亲戚，分发糖果，佩戴订婚戒指，宣布订婚礼成即可。

第三，婚礼日期应该由双方家庭讨论决定，这样对两家都方便。另外，不找毛拉[1]（Mula）和占卜先生来主持婚礼。

第四，婚礼随行嫁妆，除了几套新衣服和必要的首饰外，不需要多带其他物品，其他生活必需物品可以在结婚后购置。

第五，首饰也应该根据家中情况尽量从简，只需耳环、戒指、手镯和项链等。鼻子就不需要佩戴任何首饰了，但是如果她从小就已经打了鼻洞[2]，佩戴一个小的首饰即可。如果没有鼻洞，就不需要佩戴鼻饰了，这样不仅可以节省不必要的开支，而且鼻子不需要负载重物。

第六，尼卡罕[3]（Nikah）的仪式要早，尼卡罕仪式结束后新郎新娘应该直接被送到婚房，而被邀请参加婚礼的亲朋好友也可在尼卡罕仪式结束后带着糖果和干椰枣直接回家了，不需要整夜坐在婚礼现场打扰新人家人。

第七，婚礼期间的仪式，男女双方都应该避免一些繁文缛节，只需要新郎自己去接新娘，不需要其他人陪同。新郎可与新娘在同一张

---

[1]毛拉：英译为Mula，是伊斯兰教职称谓。这个词有时也用来指在伊斯兰神学和伊斯兰教法方面受过高等教育的人，一般人们会在结婚、生子、丧葬等等场合找毛拉来主持。

[2]鼻洞：在南亚次大陆地区，很多女性会打鼻洞，在鼻子上佩戴鼻钉或鼻环等首饰，至今仍有一些巴基斯坦女性会佩戴鼻饰。

[3]尼卡罕：英译为Nikah，是伊斯兰教信徒结婚时的一个宗教仪式，新郎新娘在婚礼当天一起签署一项非常重要的宗教协议，可译为宗教结婚证。

床上坐一会儿，亲戚们可以在这时看看他们并给予祝福，然后新郎便可带着新娘在晚间乘车离开新娘家，即使是小车也行。

第八，婚礼的第二天或第三天安排的瓦利玛[1]（Walima）聚餐仪式，新郎负责招待屋外的男宾，新娘则负责招待屋里的女宾。

第九，禁止在外面打大鼓。打鼓这种庆祝形式不仅会让婚礼现场变得嘈杂，而且也是伊斯兰教教义所不支持的形式。

两个年轻人为上面这些婚礼筹办事宜协商了很久，最终他们达成了共识，决定婚礼就按上面列举的几点来举办。他们也都各自向自己的家里表达了他们的想法。起初，他们的母亲和家里的女仆都嘲笑他们说："现在的男孩子学了英语后就忘乎所以了，不仅干不好他们职责内的事情，还开始管起妇女的事情了，提一些新潮的理念，甚至开始嘲笑祖先留下的传统习俗。"

两个年轻人筹备婚礼的新潮思想遭到了双方家人的反对，大家争论不休，为此这两个年轻人不仅给出了支持他们想法的宗教依据，还给出了实操的理论依据。起初，他们的母亲们都对他们非常生气，但最后，他们还是恳求自己的母亲接受了这些想法，并说："不管其他人对这些婚礼筹办观点说什么、做什么，你们就只管跟他们说：'关于儿女们在这方面的决定，我们实在无能为力，如果我们不同意他们的决定，他们会变得更加随意，我们担心到时候他们会更加固执，我们也实在没有办法了。'"

说服家人们接受了他们的建议后，婚礼的准备工作就开始了。最终，双方经过协商决定婚礼将在他们两家都方便的日期举办。双方家庭都按婚礼日期邀请了各自的亲朋好友们，客人们也都如期而至。吃

[1]瓦利玛：英译为Walima，指婚礼第二天男方举办的答谢婚宴。

完宴席后，举办了尼卡罕仪式，紧接着新郎被带到新娘家，过了一会儿，新郎带着新娘回到自己家。他们的婚礼就是严格按照他们协商好的程序举办的。对于这些婚礼的安排，他们虽然承受了很多亲戚朋友的非议，但是他们还是坚持按这样简单的程序，成功举办了婚礼。

可以想象，对于苏拉依·法塔赫·汗家的这门亲事和婚礼安排，他们的亲戚都很不高兴。苏拉依家和他家的亲戚们本来就不和，但因为这门亲事，现在他们更加不和睦了。他家的亲戚都认为沙哈·巴奴夫人在自己儿子和外家人的劝导下背离自己的亲戚，把自己的女儿嫁给了外家人，所以他们都没有去参加这场婚礼。苏拉依家和亲戚们渐行渐远，而江·比比家就成了他们的本家人，两家遇到任何情况和难题，都相互依赖，相互支持。

提到新郎新娘的爱情，因为他们在结婚前就彼此认识，所以他们婚后特别恩爱。在经历了艰难的婚前等待之后，他们终于拥有了彼此，婚后生活如胶似漆。在一般的婚姻中，新郎新娘在婚前常常处于完全陌生的情况，新郎新娘都面临同样的困惑，会遇到什么样的人？长相怎么样？性格怎么样？即使在婚后一个月内，新娘的头也要一直被盖头盖住，一句话也不会和自己的新婚丈夫说，甚至不敢看自己的丈夫。但阿里·拉扎和吉纳特的情况却不同，从一开始，他们就对彼此怦然心动，后面更是恩爱有加，就好像他们已经认识很久了。

婚礼后的第三天，新郎陪着新娘去了娘家行“回门”礼。他们在娘家住了一天后，便又回到自己家里。现在两家几乎毫无距离，周日的时候两家都会互相串门。

随着吉纳特·巴奴的到来，阿里·拉扎家变得越来越热闹。她对家人都和蔼可亲，家里的每个人都很爱她。一般家庭婆婆和儿媳妇之间会有争吵，而吉纳特和江・比比之间却非常和睦，从没有发生过口角。

家里的开销账目等大小事情都由吉纳特打理，就像她在娘家一样。吉纳特还为家中内务工作和自己的学习做了恰当的时间分配，她按照她定好的时间读书、写作和缝纫。贤惠的吉纳特到来后，阿里・拉扎的房间也被她装饰一新。前篇我们已经提到阿里・拉扎虽然不是那么富有，但也不穷，一直过着还算体面的生活。他在这次婚礼上的实际花销比他原本为婚礼积攒的钱要多不少，吉纳特・巴奴特别重视这个问题，每个月只从她丈夫的月薪里拿出当月家庭开支，余额她都交回给丈夫，并让她丈夫存到银行里去。虽然宗教规定不能从银行赚取利息，但是他们思前想后还是觉得只有这样才能存得下钱。关于银行利息，他们决定不将利息用作己用，而是将赚取的利息赠送给其他人。

他们俩一直通过这种方式商讨解决家里的问题。当然这也是很常见的一种家庭相处模式，就是丈夫负责赚钱养家，妻子负责料理家中事务，但吉纳特不管是家中内务还是外面工作，都是她丈夫的贤内助、好参谋。

从一开始，这对夫妻在宗教研究和自我提升方面都很努力，他们还特地为此定了学习时间。阿里・拉扎除了教吉纳特英语外，还教她历史、数学、地理等方面的知识。虽然对于女性来说学习这些知识并非必要之举，但是如果能掌握这些知识也有利无害，学习这些知识也是消遣时间的一个好方法，而且吉纳特自己很想学这些知识。

有时，他们在学完一本宗教或教育方面的书籍后会一起讨论书中的内容，这种习惯也有利于他们一起讨论和商量生活中的其他事情。传统习俗中夫妻是不会坐在一起讨论这些的，丈夫和妻子甚至也不允许直呼彼此的姓名，尤其是在他们刚结婚的时候，夫妻两人最多也就是偷偷谈论一些无关紧要的小事情。但阿里·拉扎和吉纳特打破了这种传统，阿里·拉扎用妻子的名字“吉纳特”来称呼她，吉纳特为了表达自己对丈夫的尊重，虽然不会直呼丈夫的姓名，但她用一些爱称来称呼阿里·拉扎，如“亲爱的”或“先生”。

有一次，在阅读一本印度书籍的时候，他们就对女性戴面纱这个传统的做法产生了分歧和争论。

阿里·拉扎本人是见过世面的，也深受现代环境的影响，他说：“戴面纱让信德省的女性备受煎熬，是她们的一个负担，而伊朗、奥斯曼帝国等这些伊斯兰国家就不存在这样的问题，难道只有信德省有穆斯林吗？”

吉纳特：“你在说些什么呀？面纱在我们这里有，在那些地区也有，而且这是伊斯兰教对穆斯林统一的要求。”

阿里·拉扎说：“亲爱的，事实并不是这样的，那些地区的尊贵的女士们可以自由地选择是步行还是搭乘马车出门工作或休闲娱乐。而我们这里的女性一辈子都不出门，就像奴隶一样。越尊贵的家庭限制越多，如果你在家里不出门就像被关在城堡里一样，如果你出门在外，则还要承受面纱带来的负担。”

吉纳特·巴奴说：“那么，先生[1]，这个有什么不对？面纱就是为了保护女生的。真主至上，我希望女生们都要佩戴面纱，不戴面纱与裸露自己的身体有什么区别？说到穿戴罩袍、斗篷以及足不出户的现象，这些也都是按照每个地方的习俗来的。穆斯林在哪儿都是穆斯

---

[1]先生：是对男性的尊称，可用于家庭里妻子对丈夫的尊称，也可用于日常交流中。

林，但每个国家的着装习惯不一样，你没有听过那句话吗？一个国家有一个国家的着装习惯。”

阿里·拉扎说：“你说得没错，但是你定义的面纱是理想化的情况，这种情况下的面纱不会禁锢女性。但是你要明白，现实的面纱就是对女性的一种禁锢，难道女人的房间和牢房一样吗？”

吉纳特·巴奴说：“先生，您变固执了，不讲理了。你认为女人的房间和牢房一样，那我觉得这两个完全不是一回事。它们的目的完全不一样，一个是为了保护女性，一个是为了囚禁犯人，女人待在房间里是光荣的，犯人被囚禁在牢房里是耻辱的。”

阿里·拉扎说：“亲爱的，变固执的人是你。你认为女性被面纱这样囚禁着能改善她们现有的不自由的状况吗？”

吉纳特说：“如果我说‘能’呢？换句话说，就算不能改善也不会坏到哪里去。”

阿里·拉扎说：“怎么说？”

吉纳特说：“世界各地遍布着贪婪和情欲，男人遇到这些都会被引入歧途，而被欺骗，更别提女生了！如果能与邪恶做斗争，甚至战胜邪恶，以至不落入魔掌确实是一件好事。但当不能这样做的时候，那还是远离它为好。女生们主动戴面纱是件勇敢的事，她们应该为此受到赞扬和鼓励。”

阿里·拉扎说：“是的，没错。但我认为，将女性禁锢在围墙之内，让她们不与外界往来，并不会减少贪婪和欲望，反而会让其增长。如果现在有一个你没见过的好东西就在墙那边，并不远，或者说看到这个东西并不难，那么人性的本能反应就是想看到这个东西，欲望就会攀升；一旦欲望被激起，人们就会在某个时刻想方设法去看这个东西。但并不是每个闪亮的东西都是金子，很多时候当你仔细看到它后，那个东西就会变得再普通不过了，甚至以后一点儿都不想再看到那个东西了。所以说男人为了某种恐惧把女人禁锢起来，而这种恐惧只是他们内心假想的产物，实际上这种假想的恐惧并不会在现实中发生。”

吉纳特说：“可是，先生，为什么我们非要去看这些东西呢？”

阿里·拉扎说：“亲爱的，不要这样说，这个世界是很美丽的，全能的真主在这个世界上创造了许多美好的东西，那些都是最真实的自然景观，只看一眼是不够的。而我们的知识也会因为看到这个由真主创造的大自然而增长，这样我们对真主的信仰也随之日渐增强。我们在自然景观方面的体验越好，也越能增长我们的知识和智慧，增加我们对外界的了解。看过外面的世界的人和没看过世界的人是不一样的，两者的区别甚至如同正常人和盲人一样！现在你接受的观念就是：女人天生就比男人弱。许多宗教方面的书籍都赞同这个观念，那你告诉我，按照这个观点，谁更需要与外界接触和联系的经验呢？男的还是女的？如果远离或摆脱恶行需要知识和智慧，那肯定女的比男的更需要这些知识和智慧。如果恶魔可以在墙的另一边作恶，那么恶魔也同样可以在墙的这一边作恶。邪恶之人无处不在，没怎么与外界接触过的女性更容易被他们欺骗。亚当和夏娃的故事你也知道，如果摆脱恶魔需要知识和智慧，那么，女性则需要付出比男性更多的努力才能获得这些知识和智慧。如果知识和智慧是必要且重要的，那么去从事增长知识和智慧的事情和行为也是必要且重要的。”

吉纳特说：“是的，你的观点也没错，但宗教和科学等方面的书籍都有提到：男人和女人在社会上应各司其职，要根据自己的能力来明确分工，男人要负责的是驱敌打仗、外出谋生和养家糊口，而女人要负责的则是料理家务、养育子女和照料丈夫。”

阿里·拉扎说：“你说得没错，但我提到的这些方面涉及见识和美德，而见识和美德是男人和女人都必需的。你看看英国的情况，英国的男人和女人不相上下，为什么会出现这种现象呢？因为他们都看过世界，有丰富的社会经验和见识。一个英国女性甚至可以与二十多个男性展开辩论，只要女性的观点有理有据，她们就可以说服男性赞同她们的观点。而我们的女性过于含蓄，甚至从来都没见过一个男人的脸，如果偶尔不小心见到了男人的脸，她们也会立马用手遮住自己的脸，甚至会紧张得一身冷汗。即使在紧急情况下她们不得不走出家门时，她们也很惧怕走出家门，而世俗的人们也会因为她们迈出家门而嘲笑她们。生活并不总是一帆风顺的，只要有阳光就会有阴影，如果不幸，这种含蓄的女生刚好遇到紧急情况，她们可能会恐慌得不知所措，甚至难以逃生。如果女性有丰富的社会经验和敏锐的洞察力，她们就会找到摆脱困境的方法，并努力克服困境。”

吉纳特说：“难道世俗社会害怕女人出门后误入迷途是错误的吗？”

阿里·拉扎说：“害怕什么？那些能出门的民族的女性在外面也没有被误导啊？就比如帕西人[1]。就像人的五根手指都不一样长，那些民族当然也会有一些不好的例子，但是这在我们封闭的房子里更常见，再说也不能只因为几个例外就批评整个民族。”

吉纳特说：“我现在明白你的观点和态度，但也请谈一下关于面纱方面的宗教指令。”

---

[1]帕西人：英译为Parsis people。帕西人是南亚次大陆的一个民族，其信奉的宗教是琐罗亚斯德教，又称拜火教。

阿里·拉扎说：“关于对面纱的理解，我也从一些宗教书籍中读到一些这方面的阐述，要求女性戴面纱的目的不是为了监禁她们，而我们现在却在用面纱禁锢女性的自由。在我看来，妻子的‘面纱’应该是她的丈夫，这在《古兰经》中也有说明，只有在以下情况下才能说女性真正放弃了‘面纱’：第一，不服从丈夫或家族男主命令的女性；第二，在没有征得丈夫和家族男主的同意外出游荡的女性；第三，做一些有反宗教习俗的错误决定和行为的女性。这样的女性即使她待在深墙大院里，而事实上她也已经放弃了‘面纱’。但是女性即使在人群中，如果有丈夫和家族男主的保护，她们去到任何地方也可以说她佩戴了‘面纱’，丈夫和家族男主的保护就是最好的‘面纱’。”

吉纳特说：“先生，那么您的意思是我们也应该像英国女人一样出去和陌生人一起欢笑舞蹈吗！”

阿里·拉扎说：“我不是这个意思，我是说关于其他民族的东西我们是要取其精华、去其糟粕的。我们现在谈的是面纱，我只是觉得用这种方式将女性禁锢在围墙之内是不合适的，女性只要能遵守外出着装方面的宗教要求，且得到丈夫和家族男主的同意后，她们应该获得外出的自由。如果女性能有机会接触一些新奇的事物，而接触这些新奇的事物有利于女性发展，或者在某些紧急情况下，女性都应该获得外出的自由，只要她们外出时符合宗教礼仪就行。这样不但遵守了宗教指令，而且还能看到并体验到全能的真主所创造的大千世界。这不仅有利于增长女性的见识，还能增加她们的幸福感，甚至改善人类的生活状况，特别是在紧急情况下，她们也将具备沉着应对突发事件的能力。”

第八章

夫妻分离

阿里·拉扎和吉纳特结婚已经有五六个月了。阿里·拉扎以前教过一个英国人信德语，这个英国人现在要奔赴孟买工作，同时他也想请阿里·拉扎陪他一起去，答应每月付他八十卢比的工资。这个英国人在战略部门担任要职，对阿里·拉扎非常友善，阿里·拉扎也非常尊敬他，因此接受了这个邀请。阿里·拉扎认为每月已经有八十卢比的薪水了，如果能再找到两三个这样薪水的工作就够了。这个英国人还答应给他找一份体面的工作，阿里·拉扎欣然地接受了这个提议。

阿里·拉扎回到家后告诉了家人这个消息，家人们一方面很开心，因为他找到了薪资不错的工作，另一方面又很难过，因为他就要背井离乡外出谋生了。阿里·拉扎考虑到在这个城市他家现在只有吉纳特娘家这一门亲戚，没有其他牵挂，所以还是同意远赴他乡。

经过两家协商后，阿里·拉扎最终决定暂时自己先去孟买。他计划先在孟买找个房子安定下来，如果在那边发展得还不错，生活条件也越来越好，几个月后就回信德接他的家人一起去孟买。以前他舅舅也经常来他家探望他的家人，有时也会在他家住个两三天，但这次阿里·拉扎拜托他舅舅直接搬到他家来住，以帮助照顾他的家人们。在行前的一周，阿里·拉扎收拾好了行李，做好了去孟买的准备。起程那天早上，他特意去跟岳母道别，哈米德·阿里也一直陪着他并一路送他回到自己家。在太阳下山前，阿里·拉扎已经做好了出发的准备，他先去和自己的母亲道别，并抚摸了母亲的脚[1]，叮嘱她要照顾好吉纳特。然后他又去拥抱了玛丽亚姆，也叮嘱她要照顾好吉纳特。最后他来到自己的房间，夫妻俩情意浓浓难舍难分地聊了一会儿。

吉纳特·巴奴说："亲爱的，你真的要走了吗？"

阿里·拉扎回答说："是的，亲爱的，这都是命中注定的事情。如果真主愿意，我们很快就会再见面。吉纳特，你还是跟亲人们生活在一起，不用担心，而我却要独自一人在外闯荡，在我能接你过去和我一起生活之前，我都不知道要怎么度过这段时光。"

吉纳特眼中含着泪水说："亲爱的，等你到了那边就要立马给我写信，我们会等着你的来信。"

阿里·拉扎说："我一到就给你写信，你也要给我写信。对了，亲爱的，在我们分开的这段时间里，你要坚持读书写字，还要努力让妈妈开心，俗话说'家有一老，如有一宝'。如果你愿意，你也可以和我妈妈、舅舅或让哈米德接你一起去见你的母亲。"

交代完这些事情后，阿里·拉扎便拥抱了一会儿吉纳特，和吉纳特说完再见就走了出来。哈米德·阿里陪他一起上了马车，一路送他到吉都－班达尔[2]后才返回家中。 由于阿里·拉扎晚上通常不会外出，所以他离开的那天晚上对于吉纳特和他的家人来说，特别漫长难

[1]抚摸母亲的脚：在南亚次大陆地区，晚辈抚摸长辈的脚表示对长辈的尊敬。

[2]吉都－班达尔：英译为Gidu Bandar，是信德省海得拉巴市的一个地名。

熬。因为这次他离家外出是为了工作，所以他的家人也不得不接受了这个现实。

阿里·拉扎和邀请他一同前往孟买的军官在卡拉奇[1]汇合了，他们一起登上了前往孟买的轮船，顺利抵达了孟买。起初，阿里·拉扎借住在这位军官居住的房子里，这位军官给他安排了一个宽敞的房间，一周之内，他便在花街[2]租了另一间宽敞明亮的房子。通过这位军官，阿里·拉扎认识了其他一些英国人，他像以前一样顺利地开展着工作。孟买是一个大城市，不像信德的海得拉巴那么小，在孟买有足够多的发展机会，所以阿里·拉扎决定留在那里碰碰运气。

他到达孟买后就立即给哈米德·阿里写了一封信，他的妻子吉纳特·巴奴也看到了那封信，看到信后，她终于放心了。这封信写了阿里·拉扎顺利抵达孟买市的行程信息和他对孟买市的美好印象。他在第二封、第三封信中说："我现在住在花街，以后你们就可以按这个地址给我回信。"

阿里·拉扎和吉纳特每周都给彼此写信，吉纳特·巴奴分享她这边的生活情况，阿里·拉扎分享他在孟买的工作情况。两个人的书信有一个共同点——那就是抱怨分别之苦，向真主祈祷早日相见。

一个半月后，吉纳特·巴奴终于收到了她期待已久的那封信：

亲爱的吉纳特：

请先接收我充满爱意的问候，我也渴望早日见到你，这封信就是我渴望与你相见的见证。我本来计划向我的军官请假亲自接你们来孟

---

[1]卡拉奇：英译为Karachi，现巴基斯坦信德省的省会，是一个沿海港口城市。

[2]花街：英译为Flower Street，是一条街道的名称。

买团聚，但是这位军官的考试临近，这段时间需要我的辅导，所以我暂时不能离开孟买。即使在这个城市的生活工作都很顺心，我也实在难以继续承受和你们的分别之苦。

我已经在另一个地方租了一间宽敞漂亮的房子等着你们到来，你们要在下个星期一乘坐轮船离开卡拉奇来孟买。我也给我舅舅写了一封信，他会带你们一起过来，如果你们提前两天出发，那么你们就可以在一个月内到达孟买。祝你们一帆风顺，安全抵达，愿真主保佑！请谨记，你们一定要按指定的日子出发。

家里的一切都好吗？代我向家人们问好！

另外，记得在出发前的那个星期四给我回一封确认信，让我知道你们确定会在下个星期一出发，这样我才能放心。

——阿里·拉扎亲笔

看到这封信后，吉纳特·巴奴为丈夫不能亲自来接他们去孟买而感到难过，但也为很快就能与他相见而感到高兴。吉纳特将这个消息告诉了江·比比和玛丽亚姆，同时也向自己的母亲沙哈·巴奴夫人和哥哥哈米德·阿里转告了这个消息，然后就开始为孟买之行做准备。虽然吉纳特的母亲和哥哥为此高兴不起来，但谁也不能阻止一个妻子去找她的丈夫。在完成了行前准备后，吉纳特·巴奴在约定好的那个星期四给丈夫回信说：

亲爱的：

首先，请接受我渴望与你相见的问候！收到了你的来信后，虽然我很难过你不能亲自来接我们，但是我依然为能很快与你相聚感到非常高兴。由于我从来没有踏出过家门，如此漫长的旅途，按理你应该陪在我身边和我一起面对，但这大概就是我命中注定要经历的事情吧，而你的快乐就是我幸福的源泉。按你的来信要求，我们将在星期一按时出发，舅舅也答应陪同我们一起出发，希望我们能按时抵达。

祝好！！

——吉纳特亲笔

吉纳特在行前的那个周四寄完信后，他们决定周六离开海得拉巴，周日先留在卡拉奇休整一下，按原定计划周一早上出发去孟买。阿里·拉扎在卡拉奇有一个熟人，他也将他家人经停卡拉奇来孟买的行程转告给了这个朋友。

星期六很快就到了，阿里·拉扎的母亲江·比比、他的妻子吉纳特和家中女仆玛丽亚姆都为行程做着最后的准备。这天，沙哈·巴奴夫人、哈米德·阿里和巴赫塔瓦尔也赶来为他们送行。离别的时候，他们都为即将和彼此的骨肉至亲分别而泪流满面，而哈米德·阿里还计划送他们去卡拉奇。

跟家人道别后，他们便踏上了前往卡拉奇的马车，当天晚上就抵达了卡拉奇。星期天他们便留在卡拉奇休整，星期一一大早他们就登上了前往孟买的轮船，而哈米德·阿里送他们上船后就往回赶了。这是他们人生中的第一次长途旅行，虽然他们为远离故乡而感到难过，但他们都非常坚强勇敢，相信真主会庇佑苍生，一切都是真主的旨意。他们在轮船的角落里找了地方坐了下来，此时轮船上的人们为争得一片休息空间而你推我搡地争抢着，噪音不断。这些让人难以忘怀的聒噪体验也是他们第一次经历。吉纳特他们一家人都特别单纯友善，他们只是坐在楼梯角落的一块地方不再挪动。船一开航，所有人都开始头晕目眩，甚至有人开始呕吐，可怜的吉纳特及她的家人们都只能躺在一个狭小的角落里忍受着这些。

他们觉得船上的第一天简直就像在历经磨难，一整天都没吃没喝，晚上他们也都饿着肚子入眠。直到第二天清晨，他们才稍感舒适，也逐渐习惯了船的倾斜和摇晃。很快就有船员来清洗船舱，他们又不得不艰难地提起所有行李，直到打扫完毕后，他们才又铺开行李卷儿。终于可以放松地坐下来吃饭了，但他们依然感觉脑袋眩晕不适。

吉纳特·巴奴很快就适应了船上的生活，并开始照顾同行的家人们，而她的舅舅却只顾闷头睡大觉。此时，吉纳特·巴奴和她的婆婆都已经脱下了罩袍，罩袍在这种地方毫无用处，而且这里谁也不认识谁，不知名的男男女女都各自躺在甲板上休息，吉纳特和她的婆婆也袒露面部聊起天来。

这时，吉纳特·巴奴想起了她丈夫曾经说过的话，在生活中，有时候穿戴罩袍并不是必要之举，甚至可能会成为一种负担。在当时的情景下，她也变得更加勇敢，即使在这样嘈杂的人群中，她也敢于脱下罩袍，袒露面部直接与人交谈，只有这样她才能更好地照顾自己的家人。有时她还会爬上楼梯，走到甲板上，让自己沉浸在凉爽清新的空气里，时而看看头顶的蓝天，时而瞅瞅眼前的碧波，甚至会站在那里和它们说说话。

她们还结识了坐在她们旁边的一些女性朋友，一起谈心聊天。第一天，江·比比忽然埋怨起自己的儿子阿里·拉扎说："真主保佑，这小子不管不顾地让我们背井离乡、长途跋涉地去找他，我们原本在自己的家里过着开开心心、无忧无虑的生活，现在竟然要在这艘船上经历这些磨难。”但是在儿媳妇吉纳特的安抚和鼓励下，她抱怨的情绪也就慢慢平复了下来。这一天也算过得不错，夜幕慢慢降临，月光轻抚额头，大海也悄然无声。这是一个美好的夜晚，她们笑呵呵地一直聊到深夜才入睡。

半夜两三点的时候，吉纳特·巴奴渴醒了，她环顾四周，大家都睡得很香，她不想打扰别人睡觉，便自己起来喝水。他们出发时就带了一个大水罐，每天晚上就用绳子把水罐绑在楼梯边上，这样冰凉的海风能让水罐里的水也变得清凉。吉纳特拿着碗来到楼梯边上取水。

船上熟睡的人们都离得不太远，所以没有什么危险。她刚从楼梯边的水罐里盛出水，站在一块船板上，那块用铁链固定在甲板上的船板忽然因船的晃动脱落了下来。船一晃动，那块船板就随之移动了位置，吉纳特·巴奴连同那块船板一起掉进了海里，整个人都被浸泡在海水里。她刚从海水中浮出来，便看到船继续以不变的航速离自己越来越远了。

虽然她和船板掉进海里的声音并不小，但是这个声音完全被船航行的噪音和海浪声淹没了，而当时也正值深夜，人们都已睡熟，所以没有人发现吉纳特掉进了海里。江·比比早上一睁眼就发现吉纳特·巴奴不见了，着急地环顾四周，却不见吉纳特的踪影。她赶紧叫醒自己的兄弟，也急忙叫醒了玛丽亚姆，焦虑地告诉家人：“吉纳特不见了。”此时船上的乘客都紧张得坐了起来，四处寻找，却不见吉纳特的半点儿踪影。

他们立马向船长报告了吉纳特失踪的消息，船员们进行了调查，最后发现楼梯旁边的船板不见了，而他们喝水的碗也不在旁边。大家试图将所有信息联系起来分析吉纳特失踪的原因，最后得出结论：吉纳特可能在起身从水罐上取水时靠在船板上而不幸摔倒坠入海中了。但是由于不知道这起事故发生的具体时间，所以在茫茫大海上盲目搜索是毫无用处的，虽然船长一接到吉纳特失踪的报告后就立即下令停船调查，但发现几乎不可能寻找到她，便下令开船继续向前航行。

这么一个万里挑一的好女孩就这样失踪了，我们无法用语言来描述她的挚爱亲人们此时此刻悲痛欲绝的心情。愿真主保佑所有人不要经历这样的灾难，即使是敌人，我们也希望他们能免受这地狱般的苦楚。可怜的江·比比不停地拍打自己的脑袋，玛丽亚姆像发疯了一样哭泣着，江·比比的兄弟亚瓦尔·汗（Yawar Khan）也悲痛欲绝，但即使在这种情况下，他还一直试图安慰这两个女人。他们就这样号啕大哭了一整天，就连船上的其他乘客看到他们泣不成声的样子也想跟着一起哭，甚至那天晚上他们也一直都在哭泣中度过。他们自己无法入睡，他们的痛哭声也让船上的其他乘客无法入眠，直到很晚他们悲痛的心情才慢慢平复了下来。

第二天已缓缓到来，孟买的群山也从远处逐渐映入眼帘，船上的乘客们都开始收拾起行李来。很快，城市的建筑物也清晰可见了，就连停泊在港口的船只也近在眼前。江·比比他们搭乘的这艘船很快就靠岸了，接乘客的小船一下子就包围了他们的大船，有的乘客收拾行李着急下船，也有直接上船来接自己亲朋好友的当地人。一时间船上挤满了上上下下的各种人群。

阿里·拉扎这天也精心打扮，穿戴整齐地来到港口，满怀期待地登上了从卡拉奇来孟买的这艘船。即使短暂的分离也让他难以忍受，更别说他已经和家人分离这么久了，他的快乐时光近在眼前。他在嘈杂混乱的人群中四处搜寻。穿过拥挤的人群，他终于找到了他的家人们。他从很远处就一眼看见了自己的母亲，便跑过去要伸手去抚摸他母亲的脚。大家一看到他就开始失声痛哭起来，这让他大吃一惊，他心想：这时候不是应该笑吗？怎么大家都哭了起来？他心里一沉，问道："发生了什么事情？快说呀！别哭了，先说说到底发生了什么！"这时，他发现除了吉纳特其他人都在他眼前，他才意识到他的妻子吉纳特可能已经不在这个世上了。

在听到身边人回答他之前，他就一下抱住了自己的母亲和她一起痛哭起来，人们看到他们一家哭成一团，也都很为他们感到难过，甚至有人也跟他们一起哭了起来。而他的家人边哭边低声安慰他说："儿子，你的吉纳特不幸在船上遭遇意外，这个可怜的女孩儿不知在什么时候掉进了海里。"阿里·拉扎听到这句话后又忍不住痛哭了起来。愿真主保佑：不要让任何人经历这般磨难，即使是我们的敌人。

他们依偎在一起蹒跚地从大船转移到小摆渡船上，乘坐小摆渡船来到岸边，然后阿里·拉扎把他们带到孟买的家中。他以前的期待和幻想现在都破碎了，散落一地，以前的美好时光现在都变成了痛苦且折磨他的回忆。在此之后，他不是读着妻子的书信哭泣，就是把她的衣服贴到脸边流眼泪。

第九章
死里逃生

当吉纳特掉进海里时，那块船板也跟着她一起掉进了海里，这块船板就是她最后的救命稻草。感谢真主庇佑，受了惊吓的她紧紧地将船板抱在怀里，随着船板一起浮上了水面。但由于她和船板一起掉进海里时受了伤，而且咸咸的海水径直灌进她的鼻、口和眼睛，一时间她几乎失去了知觉，半死不活地缠在小船板上。

离太阳升起还有两三个小时，这段时间里，吉纳特一直承受着海浪无情的拍打。终于等到了天亮，她也恢复了一些知觉。大海的波涛冷酷无情，好像每一个波浪都想将她吞没在海里。一个如此娇弱、戴着面纱且从未迈出过家门的女人，如何能承受这么大的意外？但是她依然没有放弃生的希望。她是一个虔诚有信仰的女人。她将自己的命运全交给了真主，虽然她觉得她很难逃生于这茫茫大海，但是她依然珍惜所剩的时间，向真主祈祷着，嘴里念诵着《古兰经》。

事故发生在离卡奇[1]海岸不远的海域内，附近海港的渔民经常会来这片海域打鱼。一艘渔船刚好途经吉纳特落水的海域，船上的渔民发现有个什么东西漂浮在海面，便转舵驶向吉纳特，把她从海里救了上来，放在渔船的甲板上。

吉纳特整个人都被海水浸透了，海浪的拍打也让她几乎奄奄一息了。渔民递给了她一些干衣服，她便裹在身上的湿衣服外面。又有人递给她一大碗淡水，她用这些淡水简单清洗了面部和口腔，稍微恢复了一些体力后，渔民问了她一些情况。这时，渔民们又递给她一块涂了粗糖浆的薄面饼，直到吃完这块薄面饼后她才感觉好多了。

这艘渔船上一共有四个渔民。一个是渔船的主人，一位家境贫穷且富有同情心的老人，他的名字叫西迪克（Siddiq）；另一个是他的儿子；其他两个是帮他家打鱼和负责看守渔船的仆人。老渔夫安慰吉纳特·巴奴说："对我来说，你就像我的女儿一样，不用害怕，我家的房子就在港口的海滩上，我的妻子也是个热心肠，她会好好待你的，尽量放松，你想做什么我们都会尽力帮忙，不用担心。"

吉纳特感激地看着这个救她于茫茫大海的老渔夫，眼里含着泪水。很快他们的渔船靠岸了，海岸附近就可以看到一个渔民小村，一共只有十到十五户人家，老渔夫和他的儿子带着吉纳特·巴奴走进了其中一户。

屋里还有另外两个女人，老渔夫的妻子和他的妹妹，妹妹算是他家的客人。老渔夫向她们简单介绍了一下吉纳特·巴奴，说："她就像我的女儿一样，我相信她肯定出身于一个高贵的家庭，我们要好好

---

[1]卡奇：英译为Kutch，是印度西部古吉拉特邦（Gujarat）的一个地区，卡奇的首府是普杰（Bhuj）。

待她！”听完这话家中的两个女人立马热情地迎接吉纳特，想办法让她开心起来，甚至把家里所有吃的东西都摆到她的面前。

此时的吉纳特·巴奴也不得不留在那里，老渔夫一家人对她都照顾有加，她也明白自己不能白吃白住，便开始帮他们做起家务来，扫地、做饭、磨面样样都主动帮忙，因此老渔夫一家人也都非常喜欢吉纳特。每当吉纳特试图帮忙做家务时，他们都会极力阻止，尤其是老渔夫，他特别喜欢吉纳特，总是对他的妻子和妹妹说：“要好好照顾吉纳特！”虽然他们都是粗人，但因为吉纳特的到来，他们家的屋子都比以前干净整洁多了。

偶尔她也会教老渔夫的家人和附近的其他妇女诵读《古兰经》和圣训[1]，所以几天之内，全村人都知道老渔夫西迪克家来了一个善良而尊贵的女人。当吉纳特·巴奴掉进海里时，她的身上还有一些珠宝，大概价值一百多卢比。被救的第一天吉纳特就让西迪克帮她把这些珠宝先藏起来。吉纳特为报答老渔夫家的救命之恩和后来的照顾，便打算将其中一两个珠宝赠送给老渔夫家，但是老渔夫拒绝她说：“这是你的私人物品，我只负责替你暂时保管。”

吉纳特·巴奴把自己的情况都告诉了老渔夫家，他们也知道她很想和家人团聚，但是在找到一个合适的机会离开前，她也愿意留在这个渔村继续等待。

这个小渔村离卡奇的大城市大约40公里远，渔村的居民也经常去那里办事。

[1]圣训：又名Hadith。穆斯林认为圣训记录的是先知穆罕默德的言行举止，以前是以口耳相传方式传播圣训，并记录在树叶上，现在已有正式的文书记录。穆斯林一般会按圣训所记录的行为准则做事。

西迪克的妹妹萨芙拉（Safoora）和丈夫一起生活在普杰市[1]，她偶尔会回到渔村来探望自己的亲人，一般会在她哥哥家住上几天，但这次她大概在渔村待了一个月，现在她准备回普杰市。吉纳特看到她准备回家，心中也萌生了想要和她一起去普杰市的想法，吉纳特的心里已经完全不喜欢这个荒凉的小渔村了。她心想，从普杰这个大城市或许能找到机会去孟买，或者直接回到卡拉奇。另外，萨芙拉还给她讲了很多关于普杰市的事情，并极力褒扬了这个城市，还向她保证说："我知道你从小生长在大城市，普杰市就是个大城市，那里的条件比这里好得多，我丈夫法扎尔·穆罕默德（Fazal Muhammad）口碑很好，经常被我们那片街坊邻居称赞为高贵的好人，我们拥有了真主给我们的一切。如果你跟我们一起住，你肯定会找到和家人团聚的方法，因为我丈夫与达官贵人们的关系都很好。"

吉纳特向西迪克的家人表达了自己的想法，大家也都支持她的选择。一天晚上吃完晚饭后，吉纳特·巴奴跟萨芙拉乘坐牛车一起前往普杰市，牛车的车夫也是这个渔村的村民，西迪克请他好好照顾她们俩。她们希望能在那个凉爽的夜晚赶到普杰市，这样天一亮，她们就能抵达目的地了。

当她们离开时，西迪克想起了吉纳特·巴奴的信托，他赶紧跑回家中把吉纳特用布包裹起来的珠宝拿来递给她，牛车便启程了。沙漠地区没有铺好的公路，路边只有几个标记，牛车慢慢地沿着标记向前行驶。牛车在漆黑的夜晚缓慢地行驶着，她们在牛车上昏昏欲睡，甚至连驾车的车夫都睡着了，车只是被牛拉着向前行驶。

凌晨时，她们被马蹄声惊醒了。四个大汉骑着马，手里拿着棍棒

[1]普杰市：英译为Bhuj，位于印度西部古吉拉特邦（Gujarat）。

和剑，他们便是沿途的强盗，现在吉纳特她们马上就要成为这些强盗的猎物了。有人可能已经向他们通风报信了：有两个带着珠宝的女人晚上会从这条路上经过，因此他们早就埋伏在此准备抢劫。

他们一看到吉纳特的牛车，就一棍子打在车夫的头上，车夫应声倒下。他们便威胁着要杀死车上的两个妇女，说："交出你们携带的所有随身物品！"

吉纳特她们受到了惊吓，心中非常恐惧，大气不敢出！连叫都叫不出来，一直低头趴在地上，直到其中一个强盗走到她们面前，她们便乞求说："你们可以拿走所有东西，但请放我们一条生路吧！"

强盗们首先从萨芙拉身上取下她所携带的所有珠宝，可怜的萨芙拉戴着自己珍爱的珠宝回家探亲，而现在珠宝都被强盗洗劫一空。吉纳特·巴奴也把她用布包裹的珠宝都交给了强盗，但他们还不满意，他们期待得到更多的钱，可能他们收到的信息是可以从她们身上抢劫到更多的钱，于是他们开始威胁吉纳特她们。

直到最后，强盗们发现已经没有希望抢到更多的东西了，便商议着说："这次抢劫收获不大，没抢到我们期待的钱财，那为什么不带走这个女人呢？她本身就是无价之宝啊。"这些暴徒看着青春美丽的吉纳特直流口水，可怜的吉纳特·巴奴被强行拖起来绑在马背上，他们带着吉纳特骑着马一起消失在黑夜中。

劫匪离开后，车夫也恢复了意识——他很可能因害怕而故意装晕，等到劫匪骑马带着吉纳特离开时，他便醒来了。他驾着牛车带着萨芙拉立马逃离了抢劫现场，完全不管可怜的吉纳特了。

第二天，萨芙拉和车夫来到了普杰市，把头天晚上在旅途中发生意外告诉了她的亲戚。而劫匪们继续前行，直到到达一口井附近，他们才暂时停下，并将吉纳特·巴奴从马上拉下来，放在一边。喝完水后，他们开始分配抢劫来的东西。经商定，他们将“战利品”分成三等份，分别交给三个强盗，而第四个强盗同意将吉纳特·巴奴作为自己的那一份“战利品”。分配完“战利品”后，四个强盗就分道扬镳了，而把吉纳特·巴奴作为自己“战利品”的强盗叫赫巴特（Helbet），他满怀欢喜地骑着马带着吉纳特·巴奴回到了村子。

读者应该能感受到当时吉纳特·巴奴的内心肯定备受煎熬，我们在这里无需多言。她已别无选择，只能忍耐，她为自己的不幸流下了眼泪，而后才慢慢平复下来。当她被强盗带回家时，她又开始痛哭不止。

这个强盗家里已经有老婆了，他叫醒了自己的老婆和岳母，把吉纳特·巴奴交给了她们，说道：“看我给你们带来了什么礼物，要好好照顾她！”说完他便去把马拴好，脱下马鞍放在草地上，给马喂了草后，自己就躺在垫子上睡着了。

强盗家中的两个女人向吉纳特·巴奴询问了整件事情的来龙去脉，然后给她找了一个睡觉的地方，她便无奈地躺下来休息。这个强盗由于前一夜彻夜未眠，所以这天晚上他一直睡到太阳升起来后都还没醒。但是吉纳特·巴奴却没什么睡意，太阳一升起她就醒了。

强盗的妻子和岳母得知这个女人是抢来的战利品，强盗想把她留给自己。她们认为吉纳特是一个虽然贫穷，但是却很贤惠的女人，因此她们都同情吉纳特，悉心询问她的情况，还把食物送到她面前。但吉纳特·巴奴的内心备受煎熬，特别紧张，所以她一直低着头轻声哭泣着。

这时，强盗也醒来了，坐在她身边，开始安慰她说：“现在你已经没有生命危险了，以后你也不用再受苦了，我会好好待你，让你开心快乐，让你吃好穿好。”除了这些，这个坏强盗又说了很多下流话，她只能一声不吭地低着头，静静地听着。

正值晌午，另外三个强盗来到赫巴特家里，赫巴特把家里人支开，悄悄地和另外三个强盗商量着当天晚上的抢劫行动，他们一起商量了一个半小时就出发了。

他们离开后，赫巴特的妻子和岳母开始与吉纳特交谈，虽然赫巴特的离开让这三个女人都很开心，但是由于“二房”妹妹吉纳特的到来，赫巴特的妻子开始担心起来。吉纳特对她说：“夫人，你不要生我的气，我不是自愿来到这里的，我是被强行带到这里来的，请尽所能帮帮我，帮我逃离这个困境，真主会为此恩赐于你的。”

赫巴特的妻子和岳母也想让吉纳特离开这里，就同意了她的想法。吉纳特告诉她们说：“我原来是打算去普杰市，普杰市离这个地方大概有 15 公里。”听完，她们给吉纳特指了路，强盗的岳母还送了吉纳特一程。

吉纳特虽然对能离开这里感到很开心，但她又害怕在路上再次遇到强盗而有生命危险。赫巴特的妻子和岳母肯定地说：“他们已经走了另一条路，直到晚上他们都不会回来的，所以这条路没有危险。”强盗的岳母陪着吉纳特沿乡间小路一直向南行走，大约走了两公里，她把吉纳特带对行走方向才回来。

吉纳特被告知要笔直向前走，而且现在是大白天，不用害怕，走到离这儿大概五公里的地方有一口井和一间房子，那里住着一个穷人和他的妻子，如果走累了，就可以在那里喝点儿水，休息一下。

吉纳特开始一个人在这片荒野中向前行走着，那时候天还是亮的，再加上重新获得自由的喜悦，所以她在这条乡间小路上走得很快。太阳快要落山时，她到达了那个穷人的小屋。

可怜的吉纳特已经筋疲力尽了，于是她径直走进了这间小屋，她去喝了锅里的水，又清洗了手和脸。这时，有人问："您是哪位？"吉纳特回答说："我只是一个赶路人，我要去城里。"

穷人的妻子留吉纳特在她家过夜，说："天已经黑了，你又是一个人。"吉纳特便同意了，因为她也没有力气继续向前走，而且天确实已经黑了，在穷人和他的妻子的热情邀请下，吉纳特便同意留下来过夜。

穷人和妻子把家里的食物都拿来放在吉纳特旁边，吉纳特吃完晚饭后，就铺开垫子，睡在那个穷人和他的妻子旁边。虽然依然有再次遭遇强盗的危险，但是此时她相信真主庇佑，便睡着了，而且睡得很沉。但是晚上却噩梦连连，她甚至尖叫着从梦中醒来，醒来后她便默念《古兰经》经文才再次睡着。

另一个早晨终于到来，她做完祷告后就向穷人及他的妻子告别，继续向南前进。早上的路程比较轻松，当她进入普杰市时时间还早。

第十章

流浪于普杰市

普杰市是卡奇地区一座很热闹的城市，当时卡奇的土邦王也住在这座城市，所以当时印度教徒和穆斯林当中有钱的贵族大人也都住在这里。除此之外，这个城市还是当时的贸易中心，这里不仅有从曼德维[1]港口来的海上贸易,还有从古吉拉特邦[2]来的陆路贸易。曼德维港口离普杰市只有三十公里左右，两地之间还有宽阔的通勤公路，这个港口可以停泊从卡拉奇和孟买前来的大型船只，以供货物运转流通。这些海陆贸易的往来也是曼德维和普杰市经济兴盛的主要原因。

吉纳特·巴奴已经来到普杰市，但是她能去哪儿呢？她不知道自己下一步该怎么办。她本来想找个客栈休息，但是她身无分文，没法支付客栈的吃住费用。在这个城市里，她只认识一个人，那就是老渔夫西迪克的妹妹萨芙拉，她跟吉纳特一起被抢。但是吉纳特不知道萨芙拉的情况，也不知道当天她经历了什么。吉纳特估计萨芙拉应该不

[1]曼德维：英译为Mandvi，又名穆代，是印度古吉拉特邦卡奇区的一个海滨小镇。它曾经是该地区的一个主要港口，也是卡奇土邦王的避暑胜地。

[2]古吉拉特邦：英译为Gujrat，是印度西海岸的一个邦。

会回她哥哥家，当时她也在牛车上，所以吉纳特估计萨芙拉已经回到了普杰市。好在吉纳特知道萨芙拉的丈夫名叫法扎尔·穆罕默德，还知道他是拉拉克街区的一个比较高贵的大人。吉纳特只能临时决定："先去找他吧，反正还有一整天的时间，愿真主保佑能尽快找到他。"

她没走多远，就在一个市场里看到一个背着剑的政府士兵，他主要负责城市安保，吉纳特心想："他在政府安保部门上班，肯定很了解这里，先去向他打听打听吧。"她便上前询问道："先生，你能告诉我拉拉克街区在哪儿吗？"

士兵反问她："怎么了，夫人，你是外地人吗？"

吉纳特说："是，我是法扎尔·穆罕默德的亲戚，我要去他家。"

士兵问："你一个人吗？没有男性亲戚陪同你来这里吗？"

吉纳特灵机一动说："有啊，刚才我们还在一起呢，但是忽然就走丢了，我已经找了很久了也没找到他，所以来向你打听一下。"

士兵从谈话得知她就是个外来的陌生女子，既年轻又漂亮，于是这个士兵动起了坏心思，欺骗她说："你跟我来，我送你去法扎尔·穆罕默德家。"

吉纳特·巴奴感激地说："非常谢谢你愿意帮助我这个身无分文的可怜人。"

士兵走在前面带路，吉纳特紧跟着士兵向前走，走过两三个街区，他们停在了一间房子前，这时士兵便跟吉纳特说："你在这里等一下，我先进去确认一下。"说完士兵便走进了房子，很快又出来了，他对吉纳特说："就是这家！你进去吧！"士兵看吉纳特进去了，自己便离开了。

其实，这间房子并不是法扎尔·穆罕默德家，而是另一个军官萨曼德尔·汗（Samandar Khan）的家。萨曼德尔·汗是普杰市所有士兵的教头，算是一个很有权威的人，但也是一个残酷无情的坏人。他没有孩子，家里除了他自己就只有一个仆人。城市里的其他士兵经常来他家串门，士兵们为了取悦、讨好他，经常帮他干坏事。这个士兵正是为了讨好萨曼德尔·汗，把孤苦伶仃、美丽漂亮的吉纳特带来献给了他。这个士兵先走进萨曼德尔·汗家里，告诉了他事情的来龙去脉后便把可怜的吉纳特留下自己离开了。

吉纳特·巴奴走进大门，来到走廊，直面走廊的那个房间的大门敞开着，吉纳特顺势就走了进去。这间房屋装修很漂亮，地面上也都铺着精美的地毯，房间里还摆放着两三张床，屋里的东西都摆放得很整齐，墙上挂着剑和枪。吉纳特看到这些心里难免有点害怕，但是她相信萨芙拉就住在这里。

吉纳特就这样站在屋里等候，一会儿，一位个子高大、衣着光鲜的男人从侧门走了进来，吉纳特以为这就是萨芙拉的丈夫法扎尔·穆罕默德。这个男人一进来就说："欢迎你来，你一切都好吧？"

吉纳特回答他说："先生，真主保佑你。"

萨曼德尔·汗说："来，你先到这张床上来坐一会儿吧！"

吉纳特便坐下了，说："先生，萨芙拉应该已经安全到家了吧？她现在怎么样？"萨曼德尔·汗撒谎道："对呀，她很好，她也很期待与你相见，你先坐一会儿，我们会给你想要的一切。"

说完士兵教头萨曼德尔·汗就从旁边的侧门出去了，没过多久他回来说："亲爱的，这个就是专门为你装修的婚房，所有的东西都是你的，你就把这个家当成自己的家吧，我的人会好好照顾你的，我也会好好待你。"

现在吉纳特才得知自己被骗了，她惊讶地跑到墙边坐下来，气得涨红了脸，说："你不是法扎尔·穆罕默德吗？我是被骗了吗？"

士兵教头萨曼德尔·汗假装充满爱意地张开手臂跟吉纳特说："我亲爱的，你怕什么？不用担心，你需要什么我都会给你的，我会比你家人都更好地照顾你，你不知道我是个很有钱的人吗？我是这座城市里所有士兵的教头，你为什么不愿意住在我这里呢？我会给你很多金银财宝，也会让你穿上绫罗绸缎的，你为什么还要躲着我呢？"说完这些，他便张开双臂试图去拥抱吉纳特，吉纳特见势尖叫着站了起来，跑到离他很远的地方。这时，萨曼德尔·汗也站起来了。

就在这个时候，另外两个士兵也走了进来，吉纳特看到他们后就更害怕了，而且她发现这里没有可以逃离之路。萨曼德尔·汗生气地说："蠢女人，你最好乖乖随了我，要不然我就用剑把你劈成两半。"

此时吉纳特才知道他是个心狠手辣的坏蛋，她心想："他会强暴我，甚至可能会杀了我，我暂时没办法逃离他的魔掌，但是我可以临时想个办法保护自己，然后等一个合适的机会，再逃离这里。"想到这些后，她便安静地坐了下来，抬起头笑着说："先生，我是打心底愿意的，我哪敢不愿意呢？我们是渔民，我们哪敢跟您这样的有钱人住在一起呢？这只不过是我们习惯耍的一个小伎俩，刚才我故意耍小脾气，是因为我知道只有您这样的有钱人才能接受女人耍小脾气。"

听到吉纳特服软的话后，萨曼德尔·汗很开心，消了气说："好的，好的！"说完便走到远处坐了下来，又吩咐他的仆人说："快点儿准备点饭菜过来，让我亲爱的赶紧吃点儿东西，然后休息一会儿。"

萨曼德尔·汗开始在吉纳特面前吹起牛来，说自己是一个有威严、有能力的人，还列举了一些发生在自己身上的故事，并指着家里的摆件说："我有很多这些东西。"他还开始忽悠吉纳特说她的未来将会一片光明。吉纳特也笑着附和他，表示同意他所说的。

很快饭菜也准备好了，被摆放在地毯上，萨曼德尔·汗邀请吉纳特跟他一起用餐："亲爱的，一起来吃饭吧！"

可怜的吉纳特听到这些话心里很难受，甚至恨自己这样做，但是她还是不得不说服自己接受这些，因为她必须要想办法保护好自己，于是她便坐了下来和萨曼德尔·汗一起吃饭。

饭后吉纳特便坐在床边，此时萨曼德尔·汗换了外出的衣服，吉纳特便问："先生，你准备去哪儿？"

萨曼德尔·汗说："我有个公务要出去办一下，很快就回来。"

吉纳特说："先生，我一个人在家里会害怕，你要快点儿回来。"

萨曼德尔·汗说："亲爱的，我办完事后马上回来。"

萨曼德尔·汗便跟另外两个士兵一块儿走了，离开前还跟仆人说："好好照顾客人！"

萨曼德尔·汗离开后吉纳特陷入沉思，回想起过去的日子，她哭了起来，然后她向真主祈祷："主啊！事件的轮回使我备受折磨，现在我已经没有精力去承受任何麻烦了，请用你的恩赐和慈悲把我送到我丈夫那里吧，或者送我回到自己的家乡；如果都不行，那就请把我送到一个安全的地方，让我能平安地度过我剩下的日子。如果我命里注定不能如愿的话，就让我命终于此吧，这样我也能安心地长眠地下。"

然后她在床上躺了一会儿，思考怎么逃离这里，她心里寻思："现在通过哄骗的方式遂了这个坏人的心意，不然他肯定要玷污我的贞洁，现在他已经相信我就是一个靠卖身为生的妓女，而且是为了贪图他的钱财才留下来，所以他相信我现在不会离开他，但这个混蛋今晚肯定会试图强暴我，我一定要想办法逃离这里。而现在正是大白天，如果我能逃出去，他肯定不敢在光天化日之下当着众人的面伤害我。这个城市很大，我可以随便选一条路逃跑，然后想办法找到法扎尔·穆罕默德的家。如果我没找到法扎尔·穆罕默德家，我就找一个清真寺避难，真主的家肯定比任何陌生人的家要好，而且我能在清真寺领到薄面饼。”这样决定后，她左右看了一下便走向大门，走近了才发现大门被反锁起来了。虽然萨曼德尔·汗相信她不会试图逃离，但是他还是叮嘱仆人多方提防，把门从里面反锁了。

吉纳特在厨房里发现萨曼德尔·汗的仆人躺在地毯上睡着了，有一串用线串起来的钥匙插在厨房门的锁里。她小心翼翼地把那串钥匙拿出来，打开大门逃了出去，并把大门从外面锁好，凭着相信真主的信念，穿过两三个街道后来到一个大市场。

市场里很热闹，快到傍晚了，从商店的老板和小摊主那里吉纳特打听到了拉拉克街区的地址，终于找到了这个坐落在城市东边的街区。

吉纳特沿着街区打听法扎尔·穆罕默德家，突然她看到了法扎尔·穆罕默德的妻子萨芙拉，她激动地跑过去一把抓住了萨芙拉的胳膊。萨芙拉看到她突然出现在自己面前，既激动又开心，她们站在大街上就开始询问彼此的情况，然后萨芙拉带她去了自己家。

萨芙拉的家看上去非常大气，萨芙拉的丈夫法扎尔·穆罕默德坐在家里，萨芙拉对丈夫说：“看，这就是我经常跟你提到的那位女士，真主把她带到了这里来。”吉纳特到来后，家里的其他人都跑过来看她。

虽然吉纳特经历很多磨难，但是她看上去还是个大家闺秀的样子。萨芙拉的家人很尊敬地让她坐下来休息，并安慰她。看到他们用这么好的态度对待自己，吉纳特非常开心，她感受到了家的温暖。

萨芙拉的丈夫法扎尔·穆罕默德是拉拉克街区里受人尊敬的大人，有权力，也有威望。他在曼德维港口拥有很多船只，并利用港口优势做生意。他在城市里也很有名气，但没有孩子，他弟弟和弟媳都跟他住在一起，他弟弟有三个孩子，两个女儿，一个儿子。他弟弟也是他的生意伙伴，他把弟弟当成自己的孩子一样培育，还给弟弟筹办了婚礼。他特别爱这个弟弟，并且把弟弟的孩子当成自己的孩子一样对待。

到了这个家里，吉纳特终于松了口气，她便又开始每天诵读《古兰经》，并坚持一日五次的祷告，很快这个街区的人们也都知道了吉纳特。法扎尔·穆罕默德不让她做任何家务，他对吉纳特只有一个请求："夫人，请你教我们家的孩子学习《古兰经》吧！"对吉纳特来说，哪里还有比这个更让她喜欢的活儿呢？现在她变成穆拉尼[1]了，而且开始教孩子们学习《古兰经》了。

她在这里的生活轻松愉快，但她还是忘不了自己的亲人，她写了两封信，一封是给她身在孟买的丈夫，一封是给她身在海得拉巴的哥哥。在给她丈夫的那封信上留的是花街的那个收信地址，给哥哥的那封信上只写了哥哥所在的城市海得拉巴。

在这两封信上她首先分享了自己的现状，信中写道："如果有可能的话，请务必来找我，如果找不到的话，我也不会忘记你们，等找到合适的机会我就去找你们。"

她把这两封信都递送出去了，但是送信的人找了整个花街都没有

[1]穆拉尼：英译为Mulani，前篇我们解释过"毛拉"的含义，可参考前文解释，而穆拉尼指主要教学宗教方面知识的女性宗教教师，其教学对象主要是孩子和女性，不会给成年男性提供教学。

找到阿里·拉扎家，因为阿里·拉扎已经搬家了，不在花街住了，而写给哥哥的那封信却送到了海得拉巴－德干，因为她没有在信封上注明“信德省”，所以这两封信都没有成功寄到。

几天过去了，她还没有收到任何回复，她又给丈夫写了封信，而这封信也没办法送到她丈夫手里，因为她丈夫已经从那里搬家了。但是她没有继续给哥哥写信了，她觉得她哥哥还很年轻，可能不能来找她，也可能看到她的信后哥哥根本无能为力，而且家里除了哥哥也没有其他男丁可以让吉纳特再次写信求助，因此她打消了继续给自己家人写信的念头，一心只想着写信给自己的丈夫。

就这样，可怜的吉纳特没收到她亲人的任何消息，同样她也没收到丈夫的任何消息。她不仅没收到回信，也没有人来找她，吉纳特觉得要么就是他们都已经把她忘了，要么就是信没有寄到他们手里。

吉纳特·巴奴在法扎尔·穆罕默德家已经住了六个月了。这段时间里吉纳特生下了一个孩子，因为在丈夫离开之前吉纳特·巴奴就已经怀孕了。吉纳特离开家已经很久了，她就这样带着肚子里的孩子一路跌跌撞撞到现在，这个孩子的出生让法扎尔·穆罕默德一家人特别开心。

吉纳特·巴奴也因为这个与丈夫的爱的结晶的到来而感到很开心，现在她不再是一个人奔波在异国他乡了，她的孩子跟她在一起，她也有了一个打发时间的方法，这也让她很开心。她给孩子起名叫马赫布布·阿里（Mahboob Ali），孩子长得可爱且俊俏，不管是谁把他抱在怀里都要称赞一下他俊俏的相貌，大家都非常喜爱这个孩子，同时又很同情这个爸爸不在身边的小孩子。

吉纳特·巴奴生孩子的时候，法扎尔·穆罕默德一家人给她提供了很大的帮助，即使亲人也不过如此了。

可怜的吉纳特特别感谢法扎尔·穆罕默德一家人，她也像家人一样跟他们住在一起，同时她也帮忙教育对方家里的孩子。

我们前面已经提过法扎尔·穆罕默德跟这个城市的其他高贵大人之间的关系很好，因此他妻子萨芙拉也经常去一些高贵大人家做客，其中有个叫赛特·朵索·米尔（Seth Dosal Mill）的人就住在城里，他是个有钱人，他在孟买和其他城市都有自己的生意，他在曼德维也有自己的资产，有事的时候他也会去曼德维住上几个月。

他是个非常虔诚的穆斯林，还去圣城麦加朝圣过两次。现在他们家想找个女仆，有一天萨芙拉也听到了这个消息，她说："我家里就有个非常虔诚的穆斯林女人，每天都要坚持祷告五次，而且还会识文断字，平时也教我们家的孩子学习，她自己也有个孩子。如果她愿意的话，我会把她带来您家，您有什么需要她做的尽管吩咐她就行。"赛特同意了这个建议。

萨芙拉回家后把这个消息告诉了吉纳特，边说边称赞赛特家多么多么好。萨芙拉家把吉纳特当家人一样对待，而吉纳特对法扎尔·穆罕默德家的方方面面都很满意，自从她落难离开家后，这里是第一个让她能轻松愉快地生活的地方，因此她很不想离开这个家。但是，当吉纳特得知她在赛特家的待遇会比这里更好些，而且通过赛特，她可能有一天有机会回到卡拉奇或者去到孟买，她最终同意了萨芙拉的建议。

萨芙拉从来不认为吉纳特是自己的负担，而且她这样做也不是为了摆脱吉纳特。因为萨芙拉坚信吉纳特来自一个尊贵的家庭，她在赛特家会过得更开心的，而且这样也有可能帮助吉纳特完成回家的愿望，这就是她建议吉纳特去赛特家当女仆的原因。

第二天萨芙拉就把吉纳特带到赛特家来了，赛特和家里的其他人看到吉纳特后都很开心，而且通过她的说话方式就感觉到她真的是个很好的女人。大家很热情地欢迎了她，决定除了包吃包住外，每个月还给吉纳特六个卢比作为报酬。因为赛特家里有三四个女孩子，所以吉纳特也负责孩子们的教育。除了这个，吉纳特可以按照自己的愿意去做其他家务，比如给家中主人倒水，给孩子们做衣服，给孩子们洗澡，等等。

吉纳特在这里肯定比在法扎尔·穆罕默德家更满意，而且她在这里也获得了同样的照顾和关怀。日子就这样过着，吉纳特跟赛特家相处得像家人一样，跟他们生活在一起。

第十一章

身陷囹圄

吉纳特·巴奴在赛特·朵索·米尔的家里住了大约一年，尽管她在那里过得既幸福又充实，自己的孩子也陪在身边，但她仍然很想念自己的家人。赛特曾亲自跟她交谈过一两次，说："夫人，如果你愿意，我们可以送你去孟买或卡拉奇，穆代[1]是个港口城市，离我们现在住的普杰市很近，乘船很方便。"但吉纳特·巴奴的回答始终如一："现在，我靠你们谋生，等我决定回家的时候，我会主动告诉你的。"

她觉得现在过得很好，可以过一段轻松的日子，此外，她还需要存一些钱维持生计。

在这段时间里，吉纳特从工资中存下了六七十卢比，吃、喝、穿等日常起居用品都是赛特家提供的。日子就这样过着，直到吉纳特再也忍受不了对亲人和丈夫的思念，所有和亲人在一起的点点滴滴记忆席卷而来，这种思念让她泣不成声。在思念的催促下，吉纳特来到赛特的妻子面前，双手合十说："夫人，现在请你接受我的告别，让我

---

[1]穆代：英译为Muddai，即前篇提到的曼德维（Mandvi）。

去孟买和我的亲人团聚吧！请你转告赛特，只要能尽快把我送到孟买，不管用什么方式都行。”赛特的妻子把这件事告诉了她的丈夫，赛特便为吉纳特去孟买做了安排，在七到十天内，会有一支船队从卡拉奇出发途经穆代前往孟买。

穆代又名曼德维，是一个很大的港口，主要用于船舶停靠，正如我们上篇提到的，它距离普杰市大约有三十公里的距离，从普杰市去穆代有一条大路，赛特在穆代也有生意，他的工人就住在那里。塞斯派自己的亲戚送吉纳特·巴奴去穆代乘船，并跟那个亲戚说：“为吉纳特买一张船票，如果你在穆代有自己的熟人，也请他多关照吉纳特。”

吉纳特·巴奴一大早就做好了去穆代的准备，跟大家道别后，她把孩子抱到怀里就准备出发了。出发前，赛特一家人不仅给了吉纳特十几个卢比的现金，还赠送了两三套衣服作为奖励。赛特一家人的善良让吉纳特非常感动。当天吉纳特就抵达了穆代，很快，船队也到了，她被安排到这支船队里。赛特的亲戚还安排了一些卡奇的渔民陪同吉纳特一起去孟买，并叮嘱他们要替赛特照顾好吉纳特。船队起锚继续前行，赛特的亲戚送吉纳特上船后就回到了港口的岸边。

第二天下午船队就抵达了孟买，前来接船的人们都登上船队寻找熟人。可怜的吉纳特深深地叹了口气说：“如果我的丈夫知道我回来了，他也会来接我的！”然后她心想：“上次他肯定也像这些人一样来船上接我，却没有找到我，可以想象那时他得多难过。而我现在也不知道他们在哪里，正在做什么，他们是不是已经回到海得拉巴了呢？”但她相信他们还在孟买，因为她的丈夫曾经计划将来要在孟买发展，吉纳特相信真主能够帮助她在这里寻找到亲人。

在船队上陪同她来孟买的渔民受托要照顾好她，因此他们陪同吉纳特一起上了小摆渡船来到岸边。吉纳特·巴奴的目的地是花街，而这些渔民的目的地则是梅蒙[1]，于是，渔民租了一辆马车先送所有人到梅蒙，在这里大家就分开了，渔民又给车夫付了全额的车费，并告诉车夫说："请把这位女士（吉纳特）送到花街路口。"

车夫没走多远就把吉纳特放下了，说："这就是花街。"而事实上花街还离得很远。但愿真主保佑我们永远都不要遭受这个车夫的欺骗，他心肠不好，知道这个女人不是当地人，且在已收到车费的情况下，就天不怕地不怕了，直接把吉纳特丢在了半路上。

吉纳特·巴奴把孩子抱在怀里，车夫放下他们后便离开了。吉纳特感觉饿了，孩子也饿了，她从包里取出了两三个安那[2]，从商铺那里买了一些甘蔗、香蕉和枣子放在包里，她给孩子拿了一根香蕉，孩子立马狼吞虎咽地吃了起来，她自己拿起一根甘蔗边吃边往前继续走着。

她从街头小贩那里得知秋葵市场[3]里有一个叫花街的地方，小贩告诉她从这条街直走就能到秋葵市场，可怜的吉纳特就这样继续往前走着，她穿过街道后终于来到秋葵市场。

在她到达街道和秋葵市场的交叉口时，突然一个女人利用拥挤的人群偷走了一个街角商店里的一串香蕉和一把椰枣，然后拔腿就跑了。那时店主正在里面的一个房间里忙活，店里只坐着一个小男孩，

---

[1]梅蒙：英译为Memon，是当时孟买的一个街区。

[2]安那：英译为Aanay，是英属印度以前使用的货币单位，现在已被取消。

[3]秋葵市场：英译为Bhindi Bazar，是当时孟买的一个市场，Bhindi在乌尔都语里就是秋葵的意思。

这个小男孩看见有人偷东西就开始大喊，店主听到后立马跑了出来，跑到街上到处寻找小偷。

那个偷东西的女人窜到人群中，跑进另一条街道，逃走了。这时，吉纳特刚走进拥挤的秋葵市场，一时间迷失在这个陌生又拥挤的集市里。店主以为吉纳特就是那个小偷，一把抓住了吉纳特·巴奴大喊道："你是贼！"吉纳特回答说："我只是个可怜的路过的行人！"店主看到香蕉和椰枣后就更确信吉纳特是小偷了，于是他开始大喊大叫起来。这时刚好有两个警察经过那里，从吉纳特的包里搜出了香蕉和椰枣，便质问她："你从哪里得到这些食物的？"吉纳特回答说："我是自己花钱买的这些香蕉和椰枣。"警察继续问："你是从哪里买的？指给我们看看。"她说："我是从一个流动摊贩那里买的，我怎么知道去哪里找他呢？"可怜的吉纳特为此有口难辩，另外，她也难以用印度斯坦尼语和他们沟通交流，而街上那些人也都听不懂她的语言，拥挤的人群让她心急如焚。她和店主一起被警察带到最近的一个警局里接受审问。店主把他店里的那个小男孩和另一位证人也叫来了，都指控吉纳特就是小偷，关键是他们还在她身上搜到了香蕉和椰枣。另外，她在这里也就是一个外地人，除了真主，还会有谁站在她这边呢？！店主和警察都觉得她就是一个乞丐，很明显她因没有任何谋生手段而四处游荡。他们还在她身上搜到了六七十卢比的现金，这就更是百口莫辩了，他们更加确信吉纳特就是一个"坏"女人。于是，案件被提交至当地法院。

案子第二天开庭审理。原告店主先介绍了他的证人，而可怜的吉纳特除了真主之外就没有其他能够为她洗净冤屈的证人了。她在这里也不认识其他任何人，连一个熟人都没有，为了自救，她大喊大叫，疯狂为自己辩护，但是都没有用，没有人能听懂她的语言。在没有辩护证人的情况下，她被判处有期徒刑一个月。因为“偷窃”的事实被认定，她身上的现金也被没收了，香蕉和椰枣被移交给了原告店主。可怜的吉纳特号啕大哭，无奈她还是和她的孩子一起被强行关进了监狱。

监狱分女性监狱和男性监狱，两者是分开的。女性监狱里已经有了五六个女囚犯，现在吉纳特也被迫加入了她们，她身上的家居服也被剥夺了，取而代之的是女囚犯的衣服。在最初的四五天内，她被迫在监狱里做劳工，手上都起了不少水泡，但后来监狱减少了她的劳动量，因为政府有规定她有责任和义务先抚养好她的孩子，因此吉纳特得以经常和自己的孩子待在一起，从中得到了不少安慰。

她经常为自己不幸的命运而哭泣。都说祸不单行，确实如此。当她刚从一个意外中得救时，另一个“祸患”就接踵而至。正因为她的坚强和勇敢，她才扛过了所有的艰难岁月，从来没有对生活抱怨过什么，依然耐心坚强地生活着。

可怜的吉纳特在监狱里度日如年，等待着刑满释放的那一天，她时常念叨：“监狱的大门什么时候才能为我打开呢？”就这样天天数着过日子，一个月的时间终于结束了，释放吉纳特的日子已经到来了，她换上自己的衣服出狱了。同一天，另一名妇女也被释放出狱，吉纳特在监狱里已经跟她混熟了，她是一个住在孟买的印度人，她对吉纳特说：“我会和你一起走，我带你去花街。”于是两人就一起走了。

走了没几步，她们就到了花街。到达那里后，那个女人因急于回家不能继续帮助吉纳特而向她道歉，之后就把吉纳特留在那里自己回家去了。吉纳特为了确认这里就是花街，便就近询问了两三个店主，得到肯定的回复后，她便开始寻找自己的丈夫阿里·拉扎。

花街尽头的第一家商店由一位名叫钱德·比比（Chand Bibi）的香水销售商经营，她看起来是一个严肃而成熟的女人。吉纳特问她：“夫人，有一位信德教师也住在这条街上，他的名字叫阿里·拉扎，如果你知道他的住址的话，请告诉我，不胜感激。”

这个女人回答道：“是的，小姐，我记得这个人。他以前确实是住过这里，不过他很久以前就已经搬到别的地方去了。对了，他在花街的住址也不远，他当时就住在对面的这栋楼里，但是现在住在这栋楼里的已经是别人了。”这女人说完顿了顿，又问道：“怎么了？你认识他吗？”

吉纳特·巴奴说：“是的，夫人，我也是信德人。我们以前住在同一个街区，我既然也来到了这里，我就想能不能和他见上一面，而且在这里我不认识任何其他人。”吉纳特·巴奴故意不说实话，她觉得他在这里应该过着有尊严的生活，不能让这些人知道他的妻子过得这么可怜，也不能让他因为自己被人议论，所以她胡编了这些话。

然后她们俩就有一搭没一搭地聊了起来，彼此都很友好。当时的吉纳特并不知道该怎么办，她心想：“如果现在能找到一个地方帮我度过这段艰难的日子就好了，愿真主庇佑，保佑我能如愿以偿。”

钱德·比比是一个很好的女人，也很有影响力，看到吉纳特这个样子，她很心疼吉纳特。她想：“一个尊贵又贫穷的外地女人能去到哪里呢？”因此她先让吉纳特坐在她的店里，等到太阳落山店铺打烊后，她就让吉纳特带着孩子跟她一起来到离店铺不太远的家里。

除了钱德·比比，她的儿子也和她一起住在这所房子里，每天早上，她儿子都要去工厂上班。除此之外，家里还有一个女仆帮忙做饭和料理家务。钱德·比比的儿媳在一个半月前生下一个女婴后就难产去世了。吉纳特现在暂时和他们住在一起。

吉纳特身上一分钱都没有，这家人就经常送给她一些食物，吉纳特也因此尽可能多地帮忙做家务，并且帮忙照顾他们的女婴儿，钱德·比比的儿子因此非常感激吉纳特。

经过一个半星期的观察，钱德·比比相信吉纳特是一个高贵又真诚的女人。她便开始带着吉纳特去自己的商店里帮忙打理生意，有时当她外出有事不在店铺时，吉纳特就会留在店铺帮忙照看生意。这个街区还住着一个和钱德·比比有着同一个姓氏的女人，她经常来拜访钱德·比比家，曾有为富贵人家当女仆的经验，因此她对这个城市和这里的人都不陌生。有一天，她跟吉纳特·巴奴说："姐妹，在这里你现在一天只有两顿饭吃，你为什么不找份工作呢？一个月至少能挣两三个卢比。在孟买这样的城市里，除了你自己的钱，其他的都一文不值。"

吉纳特说："夫人，你说得对，但我对这里的一切都不熟悉，就是一个陌生人。另外，我哪敢相信这里的人？要是能找到一户好人家，给尊贵的人家做女仆是没有问题的。"

这个女人说："我有一个朋友前些天说有一户好人家在找女仆，工资也不错。"

吉纳特说："如果人家好的话，我很乐意去。"

这个女人说："好的，姐妹，没问题，我明天早上会来这里带你去我朋友家工作，你要先准备好。"

那一天顺利地过完了，当天晚上吉纳特告诉了钱德·比比这件事，钱德·比比抱怨地说："难道你住在我们这里遇到了什么困难吗？现在就想走了吗？"吉纳特说："不是，夫人，我在这里住得很快乐，也很轻松，我甚至把这里当成了自己的家。我本来一无所有，而你却无条件地帮助我，我非常感谢你。你也有自己的孩子，有自己的家庭，也有很重的生活负担，如果我继续住在这里又给你添加了另外的负担，现在我有机会自己养活自己，我不能失去这个机会呀。"

就这样，吉纳特就在当天晚上先跟钱德·比比一家说了告别的话语。那个女人一大早就来到店里接吉纳特，吉纳特就抱着她的孩子和那个女人一起离开了。

在穿过两三条街道后，两人就一起走进了一间房子，房子里也有一个女仆坐在那里，过道上还坐着一个女孩，除了她们，那里没有任何人了。带吉纳特过来的女人对这个女仆说："姐，你不是说要找一个像样的女仆吗？你看，我给你带来了。"房子里的那个女仆回答道："你们来得正好，我正在等你们呢。"说完她转身对过道上坐着的女孩说："起来，我们走吧。"带吉纳特来的那个女人说完再见就离开了，而房子里的女仆带着吉纳特和过道上坐着的女孩也一起离开了。

第十二章

他乡重逢

吉纳特·巴奴和女仆边聊边走，从一个市场穿过。起初，她们互相询问了对方的情况，然后吉纳特·巴奴问："夫人，需要女仆的那家人怎么样呀？"

女仆说："夫人，这是一个教师家，他已经在这里住了一两年了。他家一共有五口人，除了他自己还有他母亲、妻子、女儿，另外还有一个女仆。这户人家既体面又富有，我也经常去拜访他们，我跟他的妻子挺熟的。几天前，他们为孩子雇了一个女仆，但这个女仆并没有留下来，所以他们正在为孩子寻找新的女仆，也委托我帮他们找一个像样的女仆。"

吉纳特问道："他的孩子多大了？"

女仆回答说："孩子还很小，应该才出生四五个月吧。"

吉纳特又问："夫人，那这位教师叫什么名字呢？"

女仆回答："我也不知道他的名字，但他的妻子叫依泽特·毕（Ezzat Bi）。"

吉纳特说："姐妹，那他的妻子是哪里人呢？"

女仆回答说："她就是孟买本地人，她的父亲是一个虔诚德干[1]。谢赫[2]是她的姓氏，这家的男主跟她父亲认识，慢慢两家就结亲了。"

听到这里，吉纳特·巴奴心中暗想："这位教师肯定就是我的丈夫阿里·拉扎，他以为我已经死了，所以他又结婚了，而且现在他还是一个小女孩的父亲。"一方面她感到极其开心，因为她深爱着自己的丈夫，在这段艰难的寻亲之旅中她承受了太多的苦难，现在终于可以跟他重逢了。另一方面，她又很伤心难过，心想："现在他又有了第二任妻子，不知道他们会怎样对待我，和二房同住在一个屋檐下会很困难。另外，我已经离开他这么久了，而在这期间，我曾多次落入坏人魔爪，最后艰难自救，如果他听到这一切会怀疑我的贞洁吗？也许他不会愿意留下我，而且就算他留我在家，他可能也不会再爱我了，我只能再次忍受痛苦。"

最后，她决定在弄清阿里·拉扎的想法前先隐姓埋名，她暗自寻思："先不暴露自己的身份，伪装成一个女仆，虽然为二房服务很为难，但我仍然深爱着阿里·拉扎，在我找到一个合适的机会透露自己的身份前，我先用化名'泽纳布'（Zainab）生活，因为这个名字和吉纳特很相似。我已经在异乡漂泊了很长时间，也会说印度斯坦尼语了，所以在透露身份前我先用印度斯坦尼语和他们交流。反正他现在的妻子也是德干人，他们可能在家里也用印度斯坦尼语交流。"就这

[1]德干：英译为 Dakhni。德干人居住在印度南部和中部的德干地区。他们的祖先说德干语，是乌尔都语的一支。

[2]谢赫：英译为 Sheikh，是阿拉伯语中的一个敬语，字面意思是"长者"。它通常用来指部落的长者、受人尊敬的智者或伊斯兰学者。后来谢赫也演变为一个家族的姓氏，在小说中是指女仆谈及的家族姓氏。

样走着，很快她们俩来到了教师阿里·拉扎的家。

吉纳特的猜想果然没错，这户人家就是阿里·拉扎家。在他母亲从海得拉巴到孟买后，他得知自己的妻子掉进了海里，可怜的他在那段时间里对妻子思念成疾，以致那段日子他们家一直沉浸在悲伤里，为掉进海里的妻子哀悼了很久。大约在一个月内，他们搬离了花街的那套房子，因为他的母亲觉得花街的那套房子像个鬼屋一样，自从他们走进那套房子起就开始整天哭泣。离开之后，他在市场另一边一个叫巴布拉池塘的附近重新租了房子，房子比花街的那个要更好。

一开始他的母亲一直想回海得拉巴，她说："儿子，大家都说真主已经给了你想要的一切，你有一份好的工作，人不能太贪婪，不能为了得到更多而去异地他乡，但是你不听大家的话，不然我们也不用承受这些痛苦，希望真主保佑我的后代。你就是太固执，你精简了所有与婚礼有关的传统礼节和仪式，连婚礼重要的打鼓环节都被你取消了。大家都说你这样做不对，取消这么重要的传统仪式，以后你干什么事情都要多加小心。但是我却对你无可奈何，你从来都不听我的，这就是为什么我们要承受这些苦难。"

阿里·拉扎默不作声地听着母亲不停地数落，什么也没说，因为当时他也非常伤心自责。在新租的房子里，他们住了两三个月后就慢慢淡忘了吉纳特。这个世界就是这样，一切悲欢喜乐都会被时间冲淡，慢慢淡出人们的生活，今天可能还记得昨天的悲伤，但是明天可能就已经忘记了。

阿里·拉扎在孟买的工作很顺利，他在孟买结识了很多朋友，有了很多人脉关系，也积累了很多财富。因此他没有选择离开这里，也打消了回海得拉巴的想法，留了下来。

有个叫谢赫·沙哈布·乌丁（Sheikh Shahab ud din）的德干人跟阿里·拉扎很熟悉，谢赫·沙哈布·乌丁是个好人，也是孟买本地人，他拥有一家自己的印刷厂，从中赚取不少钱。他有一个女儿叫依泽特·毕，阿里·拉扎后来就跟依泽特·毕结婚了。她是一个年轻漂亮又温柔的女孩，可以用印度斯坦尼语阅读和写作。他们结婚后生了一个女儿，取名为阿泽玛特·巴奴（Azmat Bano）。

阿里·拉扎的舅舅陪同阿里·拉扎的家人来到孟买后，他又带自己的家人来了一趟孟买，他们在阿里·拉扎家住了两个月后就回去了，但是阿里·拉扎的母亲江·比比和家中女仆玛丽亚姆都留了下来，玛丽亚姆负责做饭，后来他们又雇了一个女仆，在家里帮忙做些小家务。在阿里·拉扎的孩子出生后，这个新女仆就开始帮忙照顾孩子，但现在这个女仆离开了，所以他们正在寻找新的女仆。上面提到的那个给吉纳特推荐工作的女仆经常拜访谢赫·沙哈布·乌丁的家，她通过谢赫·沙哈布·乌丁的女儿和阿里·拉扎家熟络了起来，所以阿里·拉扎家请她帮忙找一个新的女仆。现在她正带着吉纳特·巴奴一起来阿里·拉扎家。

她们俩走进屋子的时候，阿里·拉扎家的人都在家里，因为那天是星期天，所以阿里·拉扎也在家，但他在楼上忙着读书写字。 阿里·拉扎的妻子依泽特·毕下楼后，带吉纳特来的女仆对她说："我给你带来了这个女仆，她是一个朋友介绍给我的，她就是你们想要的女仆，可以住在家里。她自己也有孩子，知道怎么照顾好你的孩子。她还会做其他的家务。关于她的工资，你自己跟她说吧！"

依泽特·毕简单地询问了吉纳特的情况，吉纳特也接受包吃包住外每月五卢比的薪水待遇。阿里·拉扎知道新的女仆来了，便到楼下来，他也同意按这样的薪水雇佣吉纳特，但是这时阿里·拉扎并没有认出这个新来的女仆就是吉纳特。事情办完后，带吉纳特来的女仆就告辞离开了。

阿里·拉扎家人开始与吉纳特·巴奴交谈，还问了她的儿子的情况。她儿子是一个非常可爱的孩子，名叫马赫布布（Mehboob），非常讨人喜欢。阿里·拉扎的家人都开始和他一起玩儿，他也跟他们嬉戏打闹。阿里·拉扎和家里的每个人都喜欢把他抱在怀里亲他逗他，给他玩具玩儿。大家都称赞吉纳特，家中的所有家务活也都分配给了她，她接到任务后就直接奔向玛丽亚姆去咨询需要做些什么。

吉纳特·巴奴的美丽和青春都已不再，她和家人分开都已经有两年了，在这期间她经历了太多磨难，翻山越岭千里迢迢才找到这里。她曾被人误解而囚禁监狱，在监狱里受尽折磨，以致她的脸色暗沉，样貌大变。她甚至特意改名换姓，还用印度斯坦尼语和阿里·拉扎家人交流。现在的她完全就是另一个人，因此曾经跟她长期生活过的人都认不出她了。大家得知她的死讯后，也曾为她哭泣难过，加上她溺水事件被证实，所以没人还抱有可以再见到她的心理期待，因此阿里·拉扎家没人认出她来。

尽管阿里·拉扎的家人觉得她似曾相识，但是就是想不起来了。大家觉得有些人是长得相像，但是没有人想过这就是吉纳特，吉纳特还活着。

后来，吉纳特便开始用“泽纳布”的身份为自己的丈夫、婆婆和二房太太服务。几天之内，她靠自己的聪明、真诚、孝顺得到了家人的赞美，大家尤其对她诵读的《古兰经》和祈祷文感到特别高兴。但没人知道她能识文断字，目前吉纳特·巴奴还没有打算揭开这个秘密。

随着时间的推移，大家越来越喜爱吉纳特，她的性格和品德也给阿里·拉扎留下了深刻的印象，并且他对她也很好。有时候，看到这个女仆，他也想起了自己的妻子吉纳特，甚至还调侃他现在的新婚妻子，时常提到吉纳特。他的新婚妻子依泽特·毕还开玩笑说："小心点儿，赞美她时不要太过了，再这么夸她，都要让我起疑心了。"吉纳特的儿子也融入了这个家，尤其是阿里·拉扎特别喜欢他，经常和他一起嬉戏打闹，这大概就是所谓的血浓于水吧。

江·比比甚至说："这个男孩儿的鼻子、眼睛和脸颊长得跟阿里·拉扎小时候一模一样。"她还开玩笑地问吉纳特："夫人，我们真的和你没有任何关系吗？"吉纳特回答说："夫人，这个只有真主知道。"

就这样过去了八个月，依泽特·毕再次怀孕。又到了生产的时刻，这次她遭遇了难产，怎么也生不出来，即使叫了产婆助产，但还是没能减轻她的痛苦。就这样过了两天，最后请来医生，医生也表示无能为力，因为孩子是脚朝下的难产胎位。她最终艰难地生下了一个死胎，可怜的依泽特·毕在与死神战斗了三天后去世了，一个年轻的生命就这样香消玉殒了。随着她的死去，阿里·拉扎家再次陷入混乱，每个人都为她哭泣和哀悼。

依泽特·毕的小女儿也因此失去了自己的母亲，吉纳特无微不至地用牛奶喂养着这个小女孩儿，竭尽所能地照顾她，甚至超过了对自己儿子的重视程度。即使阿里·拉扎的妻子还活着，他家也需要这样的女仆。现在他的妻子依泽特·毕已经不在了，女仆泽纳布就更重要了，她就像亲生母亲一样喂养着阿里·拉扎的女儿。另外江·比比再次产生了这所房子也闹鬼的错觉，所以她也很愿意让泽纳布和他们住在一起。就这样吉纳特·巴奴与他们一直生活在一起。

又过去五六个月，吉纳特·巴奴已经得到了这家人的尊敬和认可，尤其是阿里·拉扎，而且这份关爱还越来越多，阿里·拉扎甚至不再需要妻子了。家里已经有了一个年轻的女仆，他也很了解她的性格，在与吉纳特的交谈中得知吉纳特·巴奴是个寡妇，虽然她是个女仆，但她却像亲生母亲一样照顾自己的女儿，除此之外，她还要承担家里的其他家务，因此阿里·拉扎开始被她吸引。他便告诉了他母亲自己的想法，并咨询母亲的建议，而江·比比也支持他的想法，因为她自己也很喜欢泽纳布，就连玛丽亚姆也开玩笑说："黄花闺女不能陪你终老，谁知道最后陪你的竟然是个寡妇。"最后，他对江·比比说，"找个机会和她谈谈这件事吧，看看她怎么说。"他们确信泽纳布也已经融入了他们家，而且现在她也无家可归，所以他们相信泽纳布肯定会很高兴接受从女仆转变为家中女主的。

而吉纳特这边却担心起来，她心想："依泽特·毕已经过世了，还有什么时候能比现在更适合公开自己的身份吗？"但是她有一个担忧，就是阿里·拉扎该不会再次计划和别的女人结婚吧？如果她这次错失公开自己身份的机会，后面可能就再没有这样的机会了。但她也难以放下内心的另一个担忧，那就是她担心阿里·拉扎可能会怀疑她的贞洁，如果是这样，情况会变得更糟。

现在以泽纳布身份生活的她也得到了阿里·拉扎的关爱，这份关爱给了她希望。她想要看看将来会发生些什么，所以她决定把自己在这段时间所经历的一切都写在一张纸上，然后交给阿里·拉扎，如果他在读完这封信后，选择相信吉纳特并接受她，那么阿里·拉扎一定会来问她为什么隐瞒自己的身份，那时她会告诉他真相的。

但写完这段时间发生的所有故事也是需要时间的，她就把从做家务中抽出的空闲时间都花在写作上。就这样过去了七八天，她还没有写完自己所经历的一切。忽然有一天江·比比把她叫到身边说：“泽纳布，如果你不介意的话，我想跟你说一件事！”吉纳特·巴奴说：“夫人，你是我的主人，你想说什么就说吧！”江·比比说：“泽纳布！你知道我儿媳已经过世了，她还留下了一个嗷嗷待哺的小女儿，现在你把她照顾得很好，你给了她需要的母爱，而你现在也融入了我们家庭。你看起来虽然贫穷，却很高贵，而我们自己也是尊贵的人家。阿里·拉扎原本完整幸福的家在眨眼间就没有了，如果你愿意当这个家的女主，那这个家就会重新完整起来，我们也会幸福地生活在一起。这不是一件坏事，伊斯兰教有这样的传统，所有的穆斯林都是一家人，即使你现在是我们的女仆，那又怎样？你对我们来说比我们的亲人还亲。”说完后，她沉默了一会儿，等待吉纳特的回答。吉纳特·巴奴的嘴巴好像被粘住一样说不出话来，但是她心里欢喜万分，她心里很想说：“这就是我想要的。”但此刻她却一言不发，想先把事情的来龙去脉弄清楚。江·比比继续说：“夫人，你可能不喜欢我这么说，难道你的回答会让我伤心吗？你为什么不给我答复？我就和你母亲一样，你为什么要躲着我呢？你心里怎么想的就怎么说吧！”这些话说完后，她抬手托起吉纳特低着的脸。吉纳特说：“夫人，这个时候我该说什么？我会在一两天之内给你答案的。”

几天后，吉纳特·巴奴终于把自己所经历的一切写在纸上。那是一个星期天的早上，阿里·拉扎在楼上，其他三个女人都在楼下坐着聊天，阿里·拉扎的女儿在江·比比的怀里，马赫布布正坐在玛丽亚姆面前玩耍。这时，吉纳特起身假装要去做一些家务，然后很快就悄悄地拿着一封密封好的信回来了，她把这封信交到玛丽亚姆手里，说：“姐妹，这封信是刚才有人拿给主人的，请把它送给楼上的主人，我还有一些家务要做。”

那封信里包含了吉纳特·巴奴经历的所有故事，是她专门写给她丈夫阿里·拉扎的。玛丽亚姆送完信后就回来了，过了一会儿，吉纳特·巴奴也回来继续聊天。

与此同时，阿里·拉扎打开信封读了起来。吉纳特·巴奴淋漓尽致地阐述了自己经历的所有悲伤故事。她的这些经历让铁石心肠都忍不住落泪。而阿里·拉扎也认出了吉纳特的笔迹，他从开头到结尾边看边流泪，吉纳特的信都被他的泪水浸湿了。

他心里对吉纳特沉睡的爱意突然苏醒了，他已经控制不住自己，跳了起来，跑下楼梯，边下楼梯边哭喊着说：“我的生命！我的爱人！”他泪流满面地跑到吉纳特·巴奴面前，将她抱在怀里，当着所有人的面开始亲吻她，然后这两个久别重逢的爱人互相拥抱在一起哭了起来。

接着，阿里·拉扎搂着吉纳特·巴奴站在母亲面前说：“妈妈，这就是我亲爱的吉纳特。”然后抱起马赫布布·阿里亲吻着说：“这是我亲爱的宝宝。”两个女人都吃了一惊。此时吉纳特跪到江·比比的脚边，江·比比抱住她说：“女儿啊，请告诉我，你怎么变成了这个样子？你真的就是我们的吉纳特啊！其实我已经开始怀疑了，因为马赫布布的样子跟我们的阿里·拉扎太像了。闺女，告诉我！你是如何在溺水中幸存下来的？你都在哪些地方度过了这么多天，是如何度过这些天的？最后又是怎么找到我们的？”玛丽亚姆也站了起来，拥抱了吉纳特，说：“真主啊，非常感谢你，让失散的人又重逢了。”

阿里·拉扎又对他的母亲说：“妈妈，玛丽亚姆送到楼上给我的那封信就是吉纳特写的，她把她这段时间所经历的整个故事都写在里面了。我刚已经读完这封信了，我也会读给你听一听。”然后他坐在那里，把整个故事告诉了他的妈妈。听了吉纳特的故事后，她们都很难过，但最后大家都感谢真主，幸福快乐地度过了这一天。

第二天，阿里·拉扎为感谢真主把吉纳特再次带到他身边，特意去做了慈善。他还给穷人施舍了食物，并邀请他的朋友一起来用餐。自那以后，他们便又开始以一家人的身份生活在一起。虽然之前他们有一段时间用印度斯坦尼语交流，但是现在他们又改用信德语了，不再用印度斯坦尼语交流了。

阿里·拉扎也打算将这个好消息写信告诉吉纳特的母亲和哥哥，但江·比比阻止了他，说：“耐心点，我的孩子，听我的，我们不要再待在这里了。你在这里能赚多少钱，即使回到自己的故乡，真主也会继续给你这些收入的。我们背井离乡地在外已经漂泊了很久了，我们和故乡亲人们也已经分开很多年了，现在回去吧！”玛丽亚姆也支持江·比比的想法，吉纳特·巴奴更是一直渴望着见到她的亲人。吉纳特的家人知道她的死讯后也是痛苦万分，经历很长时间才慢慢恢复了正常的生活。吉纳特补充说：“是的，我们不是要求现在一家人回故乡后就定居故乡，再也不离开故乡了。但是，就目前而言，我们必须返乡几天。”

阿里·拉扎面对大家都想返乡的意愿也无可奈何。最终，他们打算如果决定了要返乡，那就不事先写信通知亲戚，而是突然返乡，直接出现在亲戚面前，给他们一个惊喜。

然后他们就开始为出发返乡做准备了，但是阿里·拉扎在为几个英国人工作，他现在突然离开是不合适的，所以他先是为他们寻找了一个好的秘书，然后对他们说："我要返乡处理一些紧急事务，我为你们找到了一个好的秘书。如果以后我还回来这里，而你们也还在这里工作，那我还会继续为你们服务。如果以后不回来了，那我先跟你们说声抱歉。"

那些英国人没法阻止阿里·拉扎返乡，但阿里·拉扎仍然坚持为他们工作到了月底，拿了工资后，便和他们道别了。一周之内，阿里·拉扎家的所有人都坐上轮船出发返乡了。出发后的第五天早上，他们从戈德里[1]渡河回到海得拉巴。

阿里·拉扎的房子在海得拉巴的郊区，他们离开海得拉巴的时候，把房子交给了他们的亲戚照看。阿里·拉扎的舅舅很早以前就回到海得拉巴了，现在他也在这里，但是没有人想到他们会在这个时候回来。阿里·拉扎跟他的家人从马车上下来，走进了他们的房子。他们的亲戚也都住在那里，看到他们进来后，亲戚们都惊讶地站了起来。再次和亲人重逢，这让他们都无比幸福，高兴得不知如何是好。阿里·拉扎一到家就派了一个人去苏拉依·法塔赫·汗家通知哈米德·阿里和他的母亲，告诉他们他和家人已经回来了，但暂时隐瞒了吉纳特·巴奴还活着并且也跟他们一起回来的消息。

哈米德·阿里和他的家人听到阿里·拉扎带着家人回来了非常高兴，但是当他们想起吉纳特时，他们的心中又充满了悲伤。他们立马就准备好了，很快就来到了阿里·拉扎家。

---

[1]戈德里：英译为Kotri，是巴基斯坦信德省中南部的一个城镇，位于印度河西岸。戈德里是重要的铁路枢纽，通过桥梁与对岸的海得拉巴相连。

在阿里·拉扎家里，吉纳特藏在一个房间里。阿里·拉扎的家人都断定吉纳特的家人会哭着到来，然后再让吉纳特突然出现他们面前，这会让他们幸福得不得了，这将是一个幸福又充满惊喜的玩笑。而事实正是如此，这沙哈·巴奴夫人和哈米德·阿里真的哭着走进来，拥抱了他们，他们也假装跟着沙哈·巴奴夫人和哈米德·阿里一起哭泣。过了一会儿，他们慢慢平静了下来，开始彼此分享过去的日子。

当想起吉纳特溺水的事，又看到自己一直携带的吉纳特做的手工物件，沙哈·巴奴夫人的心中充满了悲伤，她再次喊着吉纳特的名字大声哭了起来。这时，房间的门开了，活蹦乱跳的吉纳特突然出现在她面前，说："亲爱的妈妈，别哭了，我还活着，我没有淹死。"说完她一把抱住了自己的妈妈。

看到她还活着，她的母亲、哥哥和女仆都感到无与伦比的开心，他们简直不敢相信她真的就是吉纳特，他们甚至觉得是因为自己哭晕了头脑而产生的幻觉，可当发现这真的就是吉纳特时，大家都给了她一个大大的拥抱，并不停亲吻她的脸。

阿里·拉扎和他的家人看到这个有趣又幸福的团聚时刻都开怀大笑起来，并大声鼓掌。原本的悲痛一瞬间变成了难以言说的幸福，大家都从悲伤中解脱出来了。那一天对每个人来说都是极其快乐的一天，大家聚在一起吃饭，听吉纳特讲述她所经历的一切。吉纳特也详细地诉说了所有细节，大家听到这些后都因心疼吉纳特而感到有点难过。

沙哈·巴奴夫人和哈米德·阿里在阿里·拉扎家待了两天后，他们带着吉纳特·巴奴回到自己家，吉纳特也在娘家和他们一起住了一个星期。周围熟悉他们的邻里街坊都为他们一家人能再次重逢而感到惊讶和高兴，并前来祝贺沙哈·巴奴夫人。

第十三章
家族的衰败

阿里·拉扎家搬到孟买后，苏拉依·法塔赫·汗家就慢慢走下坡路了。导致他家走向没落的主要原因有两个：第一，跟苏拉依·法塔赫·汗家经常来往的亲戚主要是阿里·拉扎家和个别关系好点的亲戚，正如我们前面提到的，他们家跟亲戚的关系在很早之前就已经不太和睦了。在阿里·拉扎家搬走后，苏拉依家几乎就处于孤立无援的状态，那些原来跟苏拉依家有矛盾的亲戚看到他们如此的孤立无援，就变本加厉地敌视他们家，有一次他们甚至故意陷害哈米德·阿里和他妈妈沙哈·巴奴夫人，并把他们送上了法庭，好在没有得逞，一切安好。第二，在阿里·拉扎搬家后的两三个月里，苏拉依·法塔赫·汗家的女仆巴赫塔瓦尔就过世了。女仆巴赫塔瓦尔曾是沙哈·巴奴夫人的体己人，是沙哈·巴奴夫人唯一能分享喜怒哀乐的朋友。在他们家里巴赫塔瓦尔不仅仅是一个女仆，她更像是这个家里的一位老人，她把苏拉依家的孩子当成自己孩子一样，照顾他们，疼爱他们；苏拉依家的孩子们也把巴赫塔瓦尔当成妈妈一样看待。女仆巴赫塔瓦尔和他们家的感情特别深，以至于她在临终前还哭着想起吉纳特·巴奴，而后她在家里每个人的祈祷中去世。

女仆巴赫塔瓦尔死后，沙哈·巴奴夫人又雇用了其他的女仆，可哪有巴赫塔瓦尔那么忠诚，她只是为了领取一份薪水，没多久他们家就把这个女仆解聘了，又重新找了第三个女仆。总之在不长的时间内，他们家里来来去去更换了十几个女仆，有的是自己辞职走了，有的是偷了家里的东西跑了，他们哪里还能找到像巴赫塔瓦尔这样忠诚的女仆呢？

而且家里也没有一个像吉纳特一样的女孩帮忙做饭和打理家务，沙哈·巴奴夫人为此特别难过，她自己年事已高，也没法做饭和料理家务了，但很无奈，只能这样将就着过日子。

而沙哈·巴奴夫人最大的悲哀却是来自她的儿子哈米德·阿里，她儿子的状况让她感到生不如死。哈米德·阿里以前是个好男孩，现在却变坏了。因为阿里·拉扎的存在对哈米德·阿里特别重要，他们一直彼此陪伴，而且家里还有个像吉纳特·巴奴这样的妹妹，在家里他被妹妹带领着一起学习，在家外他有阿里·拉扎的指引，而阿里·拉扎结交的朋友都是品行良好的人，因此哈米德·阿里也深受影响，是个很不错的男孩。但在阿里·拉扎去孟买后，哈米德·阿里就突然迷上了打猎，也因打猎结识了一群酒肉朋友，慢慢地他的手里也有了枪，以致他每周日都雷打不动地要去打猎，不愿待在家里。

通过这些所谓的“朋友”，他也结识了一些品行不良的坏人。他很快就迷上了抽水烟，起初是偷偷地抽，后来直接把水烟袋带到家里来抽；也学会饮酒，刚开始只是用小杯喝，后来就嗜酒成瘾每天都烂醉如泥；再后来他还吸起了大麻，每天都要去很远的地方为自己获取大麻。

他结交了各式各样的所谓的“新朋友”，跟他们学会了唱歌、跳舞等爱好，还迷上了琴乐之欢，甚至把琴带回家里，经常在大晚上弹琴。他甚至慢慢走向了情色通奸之路，而且在这条路上越走越远，以致没有了回头路，刚开始只是在外面寻欢作乐，到后面直接把一个女渔民带到了家里，从早到晚闲陪着她。

总之，在阿里·拉扎搬家后的一两年里，哈米德·阿里就走向了不归路，因为除了他的母亲，他身边没有了可以指导他的人，但是他完全不把母亲放在眼里，即使母亲经常哭喊着打骂他，他也一点儿都不为所动，跟他们一家不合的那些人都为此幸灾乐祸。

由于经常在外面干坏事，哈米德·阿里也慢慢放弃了以前的学习习惯，经常和他的狐朋狗友们混迹在一起干坏事，他的学习成绩因此一落千丈，在学校的表现大不如前，学校的老师们也不再喜欢他。他还经常装病逃课，要么是自己一个人在校外游荡，要么就是跟那些不务正业的朋友们混迹在一起，一旦哪天是阴雨天气，他就借此不去学校，直接去吸大麻，最后他慢慢就退学了。

终日在外面吃喝玩乐干坏事的开支也不小，沙哈·巴奴夫人每月的养老金本是足够他们一家生活过日子的，苏拉依·法塔赫·汗在世的时候也没有向任何人借过钱，所以他们家没有要偿还的债务，因此他们家的条件其实比那个街区的其他家庭要好不少。正如我们前文提到的，哈米德·阿里走向歪路后就开始铺张浪费，而沙哈·巴奴夫人希望早日看到儿子结婚成家，因此很早就开始为儿子的婚姻大事存钱、置办新衣服等，哈米德·阿里却强行抢走了这些钱物到外面大肆浪费。当他需要更多的钱去找妓女，或去参加朋友们的聚会时，他就到处借钱。每个月他帮母亲拿到养老金后，就立刻花掉其中的一半，带回家给母亲的也就只剩一半了。沙哈·巴奴夫人伤心哭喊着问他："钱都去哪儿了？"但他完全无视母亲的哭喊。

当母亲的养老金满足不了他的胡乱花销时，他便开始找工作，最终他在警察部门找了一份适合自己性格的工作。每天戴着大大的红色警官帽，背着剑在外颐指气使，高高在上，欺压百姓，他很满意这份工作，而且想去哪儿就去哪儿。因为他父亲曾是当地受人尊敬的大人，所以他才顺利当上了警察。在警局担任警长，每月有 15 卢比的薪水，现在他手里不仅有自己的薪资还有母亲的养老金。之前我们提到过，他把一个女渔民带回了家。这个女渔民到家的第一天就向他要求说："你要和我办尼卡罕仪式，否则我就离开你家。"因此哈米德·阿里不得不找毛拉给他们办了尼卡罕仪式，并给毛拉支付了 5 卢比，把结婚的喜枣分享给了朋友们，随后便把渔民老婆带回家了。在办完尼卡罕仪式后，这个女渔民又开始提其他要求，要新衣服，要珠宝首饰。此时哈米德·阿里除了满足她的要求别无选择，而从这种女人身上是得不到爱的，因为她们的存在就是为了钱，而终有一天她们会消失不见。

嫁到哈米德·阿里家的第一天，这个女渔民就成了这个家的女主人，不敢想象可怜的沙哈·巴奴夫人都经历了什么，街坊邻居都不忍看到她现在的状况。婆媳两人关系紧张，从早吵到晚。女渔民整天向哈米德·阿里抱怨沙哈·巴奴夫人，哈米德·阿里也因此有事无事跟妈妈闹矛盾，说一些大逆不道的话。可怜的沙哈·巴奴夫人看到自己孩子的态度如此恶劣，非常怀念过去的日子，经常边想边流泪，而此时的她除了伤心难过也别无选择。

苏拉依·法塔赫·汗家因不孝之子哈米德·阿里而正承受毁灭性

的打击时，阿里·拉扎带着家人从孟买回来了。到达海得拉巴后，他们就听到了哈米德·阿里劣迹斑斑的消息，也知道了沙哈·巴奴夫人正过着凄惨的生活。他们的返乡让沙哈·巴奴夫人松了一口气，虽然吉纳特已经嫁为人妇，组建了自己的家庭，但是对沙哈·巴奴夫人来说，能和自己的女儿住在同一个城市也是件特别好的事。她把阿里·拉扎当成自己孩子一样对待，而且也希望阿里·拉扎能在和哈米德相处时指导哈米德改邪归正，让他重新变成一个好人。但是他们返乡的消息并没有让哈米德感到开心，因为现在的他已经坏入骨髓，病入膏肓了。以前阿里·拉扎的指导对他来说很重要，但是现在他并不这样想，现在的他觉得那些指导已毫无用处，他不想再像以前那样和阿里·拉扎相处。另外他也忙于上班，而阿里·拉扎也不喜欢现在的哈米德·阿里来到他家，阿里·拉扎甚至跟吉纳特说："不用再回娘家了，那个家现在是哈米德和女渔民的家，已经不是原来的苏拉依家了，妈妈如果想见我们就让她来我们家吧，只要她愿意就可以一直住在我们家里。"沙哈·巴奴夫人担心街坊邻居在背后议论她，说她自己家不住，要住到女婿家去，所以一直没有同意，即使阿里·拉扎邀请了她好几次，但她每次都拒绝了。

阿里·拉扎返乡后也进入了警察部门。在他返乡六个月的时候，从事警察工作的阿里·拉扎遇到了一个挑战，他负责的区域里有人被杀了，一户有钱的人家遭遇了入室盗窃，三四个强盗入室抢走了估计价值三千卢比的财物，其中包括珠宝、贵重衣物和现金。这些强盗拿着赃物正准备离开时被这家的男主人发现。男主人起床后在与强盗的搏斗过程中被杀害，他的儿子也受伤了，强盗们带着赃物跑了。警察部门委派这座城市最优秀的警察调查这起案件，警署派出众多眼线追查此事，各路警察开展了大规模的侦破行动。连续侦查了几天后依然查案无果，最后在远离城市的一个村子里发现有一个人身上有被盗赃物，警方以涉嫌盗窃罪逮捕了那个人。在警察严厉的审讯中他供出了全部真相，还提供了其他盗窃同伙的地址，他甚至还供出这一切都是哈米德·阿里谋划的，并指认是哈米德·阿里亲自把他们送到案发现场，而且哈米德·阿里也收到了他那份赃物。

根据这个强盗提供的线索，警方很快逮捕了另外三个强盗同伙，在他们的房子里搜查并追回了一些被盗赃物，最后警方来到哈米德·阿里家，同样搜查了他的房子，从他家也发现了一些赃物。哈米德·阿里因自己能在警察部门上班而目空一切，觉得不会有人怀疑到他头上，竟然干起了监守自盗的勾当。他把一部分盗窃来的珠宝藏了起来，而另一部分珠宝被他的渔民妻子佩戴在身上。所有强盗都被逮捕并被送上了法庭，其中两个强盗被判处死刑，两个强盗被流放，而哈米德·阿里被判处五年有期徒刑。

在哈米德·阿里被监禁时，和他关系不好的那群人都幸灾乐祸，因为自打他到警察部门上班后，附近老百姓们的生活都变得苦不堪言，就连阿里·拉扎也觉得哈米德罪有应得，因为他认为哈米德·阿里让家族蒙羞了。但不管怎么样哈米德·阿里还是他妻子的哥哥，因此他也为此感到有点儿难过，所以在哈米德受审期间他也尽他所能地给哈米德提供法律援助。但是这些都已经为时已晚。

虽然哈米德·阿里给沙哈·巴奴夫人带来了很多痛苦，但不管好坏都是自己孩子，沙哈·巴奴夫人为儿子的处境失声痛哭。过度忧心已让她身心疲惫，接二连三的惨痛遭遇也让她觉得颜面尽失，哈米德入狱更是雪上加霜，再加上年事已高，沙哈·巴奴夫人在哈米德入狱两个月后就过世了，可怜的沙哈·巴奴夫人竟因自己的儿子命终于此。她是个很圣洁的女人，她的善良让人们对她的死深感悲痛，而对沙哈·巴奴夫人的死最感难过、悲痛万分的是阿里·拉扎和吉纳特，过了很久他们才慢慢地平复下来。

而哈米德在监狱里也没活多久。在监狱里做苦役时他拈轻怕重，过惯了轻松安逸的日子，哪里能承受牢狱之苦？命运作弄让他步入歪路，最终锒铛入狱，在监狱里服刑四个月后他就不幸离世。就这样苏拉依·法塔赫·汗的整个家庭彻底毁灭了，而且没有剩下任何可以维护这个家族名誉的人，吉纳特虽然是个贤惠圣洁的女儿，但是她已经嫁为人妇了。苏拉依家几天前还充满生机的房子，现在已人去楼空、死寂沉沉了。

第十四章

开办女子学校

阿里·拉扎从孟买回到家乡之后，就找了一份给英国人教学的工作。但是由于他离家太久，已经失去了从前的人脉关系，赚的钱大不如从前了。由于哈米德造的孽，阿里·拉扎和吉纳特眼睁睁看着苏拉依·法塔赫·汗家被毁了，夫妻二人为此经常郁郁寡欢。在沙哈·巴奴夫人去世和哈米德被监禁后，他们在海得拉巴的生活也变得愈加艰难，而哈米德的死更是雪上加霜。这一切意想不到的变故让他们决定再回到孟买，因为孟买这座城市对他们来说已经不再陌生了，阿里·拉扎相信自己能很快找到一份新的工作。在哈米德去世一个月后，他们出发前往孟买。阿里·拉扎在孟买安顿下来后，又找了一份给两个英国人教学的工作。

阿里·拉扎离开孟买之前已经为自己的工作做了充分的准备，他请了一个秘书来打理相关事务。秘书一直盼着阿里·拉扎尽快回来。所以当阿里·拉扎回到孟买的时候，秘书非常高兴。

终于，阿里·拉扎回到了原来的工作岗位，英国学生很高兴再次看到阿里·拉扎，虽然在他离开的那段时间里，他们中的两个学生已经离开了，但是很快又有其他学生填补了他们的空缺，因此阿里·拉扎的收入没有明显差异。

阿里·拉扎的家也被打理得井井有条，家里有一位贤惠的妻子吉纳特，一个富有同情心的母亲江·比比，一个那样勤劳的女仆玛丽亚姆，还有那样可爱的儿子马赫布布·阿里。马赫布布现在已经两岁半了。而之前去世的妻子留下的女儿叫阿泽玛特·巴奴（Azmat Bano），现在也有一岁半了，吉纳特像亲生母亲一样疼爱抚育着她。

来到孟买三个月后，吉纳特又生下了一个儿子，取名叫曼苏尔·阿里（Mansoor Ali）。真主恩典，阿里·拉扎家越来越富裕兴盛，家里还雇了另一个女仆。就这样，他们幸福地在孟买生活着，在欢声笑语中一天天开心地过着日子。阿里·拉扎家里有一个受过良好教育、知书达理的妻子吉纳特，她在这个家发挥着不可替代的作用，在很多方面能够助力阿里·拉扎。而阿里·拉扎在他那个时代也是一个思想开放的人，他知道女性可以在社会生活中发挥积极作用。吉纳特本身就受过良好的教育，阿里·拉扎也很努力地教她。吉纳特不仅能断文识字，而且也算知识丰富。

阿里·拉扎第一次来孟买时，也邀请了他妻子前来。当时阿里·拉扎的想法是，孟买没有那些对女性的限制，他会教他妻子一些知识和技能，如果可能的话，他们可以一起工作，甚至可以一起为自己的国家谋福祉。但是他的妻子在来孟买的路上意外坠海，可怜的她经历了太多难以想象的磨难。

当他们俩在孟买重逢时，阿里·拉扎并没有认出吉纳特来，最终真相大白，他们他乡重逢，一起回到了海得拉巴。在海得拉巴时，由于各种原因他们一直没有找到合适的机会畅谈心声，而最终他们也没有在海得拉巴待太久。现在他们再次回到孟买，感谢真主恩典，一切都还顺利。以前的想法再次出现在阿里·拉扎的脑海中。

从一开始，阿里·拉扎就认为面纱是进步的障碍，但机缘巧合，吉纳特意外坠海失联，这个障碍自动消失了。吉纳特失联期间在与各种坏人的抗争中突破重重艰难而获得新生，同样也收获了自信，学会了如何与世界上形形色色的人打交道。虽然她还很年轻，但之前束缚吉纳特自由的面纱和与外界交流的恐惧已经不复存在。此时，阿里·拉扎认为应该好好规划吉纳特的未来，以便她能到达新的高度，获得更高的社会地位。这样他的孩子也能接受良好教育，并且提高家庭收入。

他把自己的这些想法和盘托出，征求吉纳特的意见，最后两人心往一处想，达成共识，找个好地方开一所女子学校，教育尊贵人家的穆斯林女孩们，在学校里给她们提供其他男校同等的教育设施和资源。学校初期的教育工作由吉纳特·巴奴本人来做，当女子学校生源人数增加时，再以合适的薪水聘请一两位贵族家庭受过良好教育的女性来辅助教学。

学校的教学采用波斯语、印度斯坦尼语和英语三种语言，还会教授现代女工活儿和羊毛编织技能，学习《古兰经》和宗教知识为必修科目；女孩们每月需向学校缴纳固定的学费，作为学校职工们的工资。

他们俩一起编写了详细的计划，汇编了相关管理规则然后一起将开设女子学校的计划书和管理规则分发给了阿里·拉扎熟悉的在该市受人尊敬的穆斯林家庭。阿里·拉扎在这之前就已经存了一大笔钱，所以他有足够的资金去做这件事。他租了一个合适的教室，为教室配备了教学必需的椅子、桌子、长凳等教学设施。为了让女孩子们在课后能舒适地休息，他们还配置了一些沙发。最后，他们决定下个月的第一天就开门运行。

其间，阿里·拉扎亲自去找了多位政府要员，与他们沟通此事，并向他们保证，以前那个女孩没法接受正规教育的时代将就此结束，尊贵而虔诚的穆斯林家庭里的女孩将接受到良好的教育，他们也会给予女孩们特别的管理。开学之日约有二十个女孩来学校报到，吉纳特·巴奴热情周到地迎接这些女孩的到来。女仆玛丽亚姆一方面在学校里帮助吉纳特管理学生，一方面自己也开始在这里学习。就这样，这所女子学校开学了，且越办越红火。每个月都有新生来报名，女生的数量慢慢增加。吉纳特·巴奴不遗余力地教育着女孩们，教她们礼仪和道德规范，关爱她们，教她们如何为人处世。女孩们也非常尊重她，觉得吉纳特就像自己的母亲一样。吉纳特用爱和智慧来教育这些女孩，女孩们也变得更得体端庄。

他们打算给女孩们教授两三种语言，所以吉纳特·巴奴必须自己先掌握这些语言，于是她开始在家里努力学习英语、波斯语和印度斯坦尼语。在学习方面，阿里·拉扎也常常鼓励她，而吉纳特本身就很聪明，她很快就掌握了这三门语言，完成了第一阶段的准备工作。

女孩们的父母对这个女子学校感到非常满意。这些女孩的父母也都是当地受人尊敬的大人，他们本身就了解这座城市的教育情况，通过比较，他们得知这里的教育是最好的，也是最适合自己的女儿的。一年很快就过去了，学校的创立纪念日到了，这天阿里·拉扎在学校组织了一个大型活动，邀请了女孩子们的父母和当地其他受人尊敬的大人们参加活动。在纪念日活动现场，阿里·拉扎亲自汇报了女子学校一年来从无到有的发展情况。

随后，女孩们当场接受了考试。大家听了学校的年报，也看到了学校的发展，每个人都为此感到非常高兴，大家一一向阿里·拉扎和他的妻子在这一年里取得的成功表示祝贺。活动结束后，大家聚在一起吃完茶点后，才带着花束依依不舍地离开了活动现场。

就这样，女子学校每年都在进步。因学校管理不善而无法继续接受教育的那些尊贵的穆斯林家庭女孩也纷纷转到吉纳特的女子学校。在女子学校完成学业的女孩们个个都成绩优秀，人人脸上都写满了自信。学校很快就名扬四海，名气大增。这座城市里受人尊敬的人们也都慢慢知道了阿里·拉扎和吉纳特·巴奴。

他们的学校发展得越来越好，在学校创立纪念日上，阿里·拉扎还邀请到了孟买市的总督和其他一些重要的英国政府官员。大家都为女子学校的进步感到非常高兴，最让他们高兴的是，一直以来，女性自由都被禁锢在面纱之下，即使在让受人尊敬的穆斯林女性接受教育方面，也一直都是举步维艰，而这个艰巨的任务被阿里·拉扎轻松完成了。他不仅完成了这个任务，还做出了最适当的安排，进行了有效的管理，女孩们不仅获得了知识，而且是在女子学校里接受教育，这也打消了人们关于女孩在外接受教育的宗教顾虑。

这些尊贵家庭里的女孩们都在这所女子学校学习，虽然为了给她们提供一个良好的学习环境，阿里·拉扎他们在教学设施上投入一大笔资金，但收入仍然大于支出。吉纳特在家和丈夫一起学习，在外努力工作。就这样，吉纳特越来越优秀。她以前觉得很难学的英语，现在她也完全学会了，她已经可以熟练地用英语阅读、写作和交流了。她还与许多英国人的夫人建立了友谊，这些夫人们也经常来学校找她，她都能非常自信地用英语和她们交谈。这些英国人的夫人们对吉纳特的印象特别深刻。

女子学校开办效果非常好，这也让阿里·拉扎声名大噪。女子学校的开办给他自己的工作也提供了很大的帮助。他因此结识了很多大人物，官员也开始跟着他学习，有些人甚至会经常到他家里跟他学习，他已经无需再为寻找学生费心了。阿里·拉扎变得非常富有，他有一栋漂亮的房子、几辆马车，还有很多仆人。

三个孩子都已经到了上学的年龄，自他们再次回到孟买并开办女子学校至今已经过去六七年了，阿里·拉扎的两个儿子马赫布布·阿里和曼苏尔·阿里现正在孟买一所很大的学校里学习，他的女儿在母亲吉纳特的监督下也开始在他们创办的女子学校里学习。像阿里·拉扎和吉纳特一样，他们的孩子也都接受了教育，他们家也越来越兴旺，学校也日益发展壮大。

阿里·拉扎的大儿子马赫布布·阿里十六七岁，已经掌握了英语和波斯语。阿里·拉扎打算将自己的长子送到伦敦去学习。

很多英国人也建议阿里·拉扎将儿子送到国外去留学，这让阿里·拉扎更坚定了自己的想法。不久，有一位和阿里·拉扎关系很好的英国高级官员计划回国，他帮助马赫布布·阿里办理了留学事宜，并表示愿意在国外多加关照马赫布布。

已经很富有的阿里·拉扎完全可以承担送儿子去留学的开销。他打算把马赫布布·阿里送到伦敦，在那里先学习两到四年的基础知识后，再学习法律专业，并参加律师考试。马赫布布·阿里本人也想去国外留学，他想追求更好的未来，因此他们就一起做了这个决定。他们把马赫布布·阿里在伦敦日常开支所需的钱存入银行，每个月儿子都能按时拿到固定的生活费，在国外生活和学习都不成问题。

带马赫布布·阿里一起去伦敦的那个英国军官在各个方面都给他提供了帮助，马赫布布·阿里很快就适应了伦敦的生活，忙于学习，甚至快忘记自己的家乡了。

第十五章

在巴格达

阿里·拉扎的儿子马赫布布·阿里去国外留学了，不久就有两个高贵的家庭来阿里·拉扎家向他女儿阿泽玛特·巴奴提亲。现在的阿泽玛特·巴奴已经是一个十六岁的姑娘了，年轻靓丽，在母亲开办的学校里接受了印度斯坦尼语、英语和波斯语的良好教育，不仅能识文断字，而且还能说会道。她跟自己的父母一样虔诚，待人接物都很有礼貌，是个冰雪聪明的姑娘，小小年纪的她在孟买已经很有名气。

阿里·拉扎平时与很多穆斯林家庭有来往，其中一个穆斯林家庭为他们的儿子向阿泽玛特·巴奴提亲。这个穆斯林家庭的儿子已成年，从事律师行业，其家人觉得这门亲事很合适。

另外一个前来为自己儿子向阿泽玛特·巴奴提亲的是个商人。阿里·拉扎觉得那个律师更合适，不管是家族地位还是家族财富，阿里·拉扎都很满意。虽然他觉得女儿阿泽玛特·巴奴还年轻，再等三四年结婚也不迟，但他转念一想，觉得女孩的青春能维持多久，而且这样合适的提亲家庭不会天天有。他征询母亲和妻子关于律师家提亲的事，她们俩都同意这门亲事。

同意这门亲事还有另外一个原因，那就是阿里·拉扎正好获得了一个更好的工作机会。虽然他对现在的岗位也很满意，工作表现也很好，而且他在现在的岗位上自由度很高，但他想找个更好的工作，也早就把这个想法告诉了他认识的一些上级，现在英国政府给了他一个在巴格达[1]从事副驻节使[2]的工作机会。

他本来就很期待在政府部门上班，因为他相信凭借自己的才智和真诚肯定会成功的。除此之外，阿里·拉扎也很想去访问其他的伊斯兰国家，有的英国上司也建议他抓住这个机会，而且许诺他，在一两年内他就能晋升为副领事。

阿里·拉扎已经掌握了好几种语言，是个受人们尊敬的穆斯林，即使在孟买这样的大城市里，他都有自己的一席之地，也很有名气。政府认为，除他之外，没有人更能胜任这份工作，而朋友们的建议也让他坚定了信心。

阿里·拉扎接受了这个岗位，但是他觉得这样把女儿也带到国外去有点儿不合适，以前他是个自由人，无人约束，但是现在他是一名正式的政府职员，可能要到处奔波，今天在这里，明天可能就在那里，因此想尽快给女儿安排婚礼。而且他的女儿很快就要成年了，他觉得国外的生活一切都是未知的，也不知道会面临什么样的挑战，现在有了这么好的，而且还是自己送上门的提亲对象，为什么不抓着这个好机会呢？

最终他接受了律师家的提亲。律师名叫法扎尔·阿里（Fazal

---

[1]巴格达：英译为 Baghdad，伊拉克首都，在当时被奥斯曼土耳其帝国管辖。

[2]副驻节使：英译为 Vice Resident，在历史上是指英国政府派驻属国或英印国内土邦的副代表。

Ali)，阿里·拉扎本就认识他，他们俩也经常来往交流，那位律师已经来过吉纳特·巴奴的学校两次了，他第一次看到阿泽玛特·巴奴就是在学校里。

很快，两家就为儿女举办了婚礼。两家在当地都是尊贵且富有的家庭，婚礼依照当地习俗办得非常顺利，孟买市的穆斯林参加了婚礼，当地的印度教徒也参加了婚礼，甚至还有英国政府部门的官员们也带着自己的妻子一块儿来参加了婚礼，可见阿里·拉扎的人际关系处理得很好。

虽然阿里·拉扎在自己办婚礼时要求一切从简，但现在情况不一样了，他们住在大城市里，也不缺钱，而且参加婚礼的宾客也都非富即贵，他不得不隆重地安排这场婚礼，但是也摒弃了一些不必要的老派婚礼习俗，因为两家都是受过良好教育的尊贵家庭。

给女儿举办完婚礼并向女儿送上自己的祝福后，阿里·拉扎开始准备出国工作了。他放心把女儿留在孟买还有一个重要的原因，阿泽玛特·巴奴的亲生母亲就是孟买人，阿泽玛特·巴奴的外婆家也在孟买，外婆家的亲人经常来阿里·拉扎家看望阿泽玛特·巴奴，他们都是阿泽玛特·巴奴的亲人。因此阿里·拉扎不担心阿泽玛特会孤单，因为他知道孟买还住着对于她来说很重要的亲人，他们的存在让阿泽玛特不会感觉寂寞。

在离开前要交接好手头上的所有工作，这点对阿里·拉扎来说很简单，因为他只需告知英国学生，感谢他们的支持，更感谢真主庇佑，他现在在国外找到一个更好的工作机会，正准备离开孟买，让学生们另寻老师就可以了。但对吉纳特来说，一个女子学校的工作交接可没有那么简单，最终只能选择关闭学校，他们都为此感到很可惜，依依不舍，但为了追求更好的未来，他们别无选择。

吉纳特选了个日子，通知所有女学生的父母都来到学校，并告知他们她和丈夫就要离开孟买，女子学校即将关闭。女学生们的父母都感到特别伤心，他们想找个与吉纳特一样虔诚并受过良好教育的女性来继续开办这个女子学校，并已尽其所能去寻找，但始终寻求无果。大家无奈地接受女子学校关闭的现实，不得不再度面对女儿们教育难的问题。

很快，离别之日就到了。这天，家门外停着很多车，很多人都来道别，大家一边赞扬阿里·拉扎，一边送上祝福希望他能早日平安回来。就这样，几十个人的送别长队一直把他们送到码头，看着阿里·拉扎一家人离开了才回去。

阿里·拉扎曾独自一人来到孟买闯荡，他的妻子吉纳特·巴奴也曾在这个城市因各种误会锒铛入狱，备受煎熬。感谢真主庇佑，通过勤劳和智慧，他们在这个城市里慢慢地积累自己的人脉，收获了想要的财富，也得到了众多尊贵大人的赞美。就这样，一个从海得拉巴独自来到孟买的教师阿里·拉扎和他的妻子吉纳特在这个城市慢慢地声名鹊起，这是他们通过努力、爱、知识和虔诚的信仰得到的最好安排。

旅途一切顺利，阿里·拉扎带着妻子吉纳特·巴奴、母亲江·比比、儿子曼苏尔·阿里和女仆玛丽亚姆来到了巴格达。

起初，阿里·拉扎打算把儿子曼苏尔·阿里也留在孟买，让他先住在姐姐家里，因为他担心远行去巴格达会影响曼苏尔的学习，后来他考虑到旅途中除了自己的妻子，还有母亲和女仆两个同行的女性，再多一个男性陪同是很有必要的，而这个男性同行者如果就是自己的儿子该多好啊，这样一家人就更有安全感了。而关于儿子的教育问题，他也想了个临时的办法，那就是自己先在家教他学习。就这样，阿里·拉扎一家人暂时定居在了巴格达。

阿里·拉扎到了新的岗位上后，首先是查看了跟工作有关的所有文件，把重要事件梳理出来，并交代下属尽快完成没有做完的工作。很快，他通过自己的聪明才智和真诚给他的领导留下了很好的印象，同时，也有很多人向他的领导举荐阿里·拉扎，因为他们相信阿里·拉扎肯定能办好国家事务。

和外国政府保持良好的外交关系很不容易，英国政府和苏丹帝国政府[1]之间有一些事务一直没有解决。在这之前，很多工作上的前辈都试图去解决这些问题，但都尝试无果。阿里·拉扎到岗后，他想办法和苏丹政府的领导层建立了良好的关系，解决了他们之间一直悬而未决的问题。这给他的上级领导正职特派代表[2]留下了深刻印象，他特地写信给自己的上级表扬了阿里·拉扎，上级政府也因此充分肯定了阿里·拉扎的工作能力，给阿里·拉扎颁发了表彰证书。

阿里·拉扎在这个岗位上仅仅工作一年后就得到了两边政府的高度肯定，他的办事态度和工作能力获得了大家的赞同，他也成了一个很有影响力的人。

不久，阿里·拉扎获得了去英国驻伊斯坦布尔[3]大使馆从事副领事工作的机会，这是个很有实权的岗位，待遇也不错，阿里·拉扎认

[1]苏丹：英译为Sultan，奥斯曼土耳其帝国的历届统治者都称为“苏丹”。

[2]特派代表：英译为Resident，在历史上是指英国政府派驻半独立国家的特派代表，阿里·拉扎当时还是副特派代表。

[3]伊斯坦布尔：英译为Istanbul，土耳其城市，曾是罗马帝国的首都，在罗马帝国时期称为“君士坦丁堡”。

为是真主听到了他的心声。

阿里·拉扎的上司——正职特派代表很不想阿里·拉扎离开巴格达，专门写了一封挽留信给上级政府部门，希望阿里·拉扎不要被调去伊斯坦布尔，但是由于阿里·拉扎各方面表现都特别优秀，英国政府对他特别满意，所以想尽快把他调到伊斯坦布尔，很快就下达了调岗令。阿里·拉扎在收到调令后就开始为去伊斯坦布尔工作做准备了。

阿里·拉扎自己也非常想去伊斯坦布尔，他很喜欢去不同的国家旅游，也喜欢跟不同国家的人打交道，丰富自己的见闻。现在他马上就要实现这个愿望了，所以心里特别高兴。

在巴格达生活的一年里，阿里·拉扎小儿子的教育还是受到了很大的影响，虽然阿里·拉扎可以亲自教他，但是由于他自己在政府部门的工作非常繁忙，所以很难把精力集中到儿子的教育方面。为了让儿子能得到更好的教育，他决定要么把小儿子送回孟买，要么让他去伦敦和哥哥一起在那儿留学。小儿子大概比大儿子马赫布布·阿里小两岁半，他也像哥哥一样在孟买就开始接受教育了，而且非常聪明。

也有一些朋友建议阿里·拉扎说："你的大儿子已经在伦敦留学了，你干脆就让小儿子也去吧，这样两个儿子可以住在一起，在国外也能彼此照顾，而且开销也不会太高；最重要的是，这样你就可以很好地解决小儿子的教育问题了。"

阿里·拉扎觉得这个建议很好，真主恩赐，他已经得到了所有他想要的东西，而现在为了让自己的孩子能接受到更好的教育，多花点钱有什么不好的呢？因此他决定一家人一起从巴格达出发，曼苏尔·阿里直接出发去伦敦，而其他人直接去伊斯坦布尔。

阿里·拉扎很满意自己的三个孩子。真主慈悲，三个孩子都非常听话，做事认真努力。一般父母都更担心女儿，但是阿里·拉扎的女儿现在已经结婚成家了，为了女儿的美好未来，他也已倾尽所能。

现在家里又回到了他刚结婚时的那个原始状态，家里就只有阿里·拉扎、他的妻子吉纳特·巴奴、母亲江·比比和女仆玛丽亚姆四个人了。

母亲江·比比和女仆玛丽亚姆都已经老了，阿里·拉扎更加珍爱她们。她们的存在也让家里更热闹，让他更有安全感，更放心。

虽然在孟买的时候，阿里·拉扎曾考虑把两位老人中的一位或两位都留在女儿身边，但是仔细斟酌后，他觉着两位老人都是父亲生前的亲人，他没有理由丢下她们，照顾她们颐养天年是自己应担的责任，于是把她们俩都带到伊斯坦布尔了。

第十六章
在苏丹朝廷里

伊斯坦布尔又称君士坦丁堡，是一座非常大的城市，奥斯曼土耳其帝国的统治者就在这座城市。伊斯坦布尔是一个历史悠久的城市，受众多因素的影响，这座城市在世界上闻名遐迩。

很久之前，阿里·拉扎就想访问这座城市，其中的原因有很多。首先，这座城市的建筑非常美丽，举世闻名。其次，这座城市是奥斯曼土耳其帝国的首都，是伊斯兰科学和艺术文化的汇聚地。其三，阿里·拉扎的爷爷就是土耳其人，因此这座城市是阿里·拉扎祖父和父亲的故乡。时光荏苒，最终他们家机缘巧合地移民并定居于信德，也因此与土耳其的亲人们断了联络。但是他仔细思考后认为："既然真主已经指引我来到了这里，给了我回到故土的机会，我还有什么理由不去看看我祖父和父亲出生的地方呢？"自从他父亲移民至信德后，便把那里当成了自己的家乡，现在回来寻亲自然是极其困难。但能有机会看到自己故土的人民还是让他特别激动，就连伊斯坦布尔的风都让他感到心旷神怡。

英国政府在伊斯坦布尔设有大使馆，阿里·拉扎从巴格达调到伊斯坦布尔后担任副领事一职。

一年的政府工作经验让阿里·拉扎对此项工作并不陌生。虽然工作压力很大，但他任劳任怨，负重前行，他做事靠谱，为人真诚，头脑聪明，来大使馆工作不久就得到大使的赏识，尤其是在工作能力方面。他出色的工作表现和睿智的处事能力让大使刮目相看，大使甚至把他当作自己工作上的伙伴同等对待，而不是当成自己的下级。

尽管阿里·拉扎不懂土耳其语，但是他有学习语言的爱好和天赋，仅仅用了六个月就学会了土耳其语。由于他已经掌握了波斯语和阿拉伯语，再加上土耳其语是他祖父和父亲的母语，因此对于他来说，学习和掌握土耳其语并没有太大困难。在学习土耳其语的这段时间里，他一般用英语在办公室办公，与苏丹政府打交道时他就用波斯语，所以语言障碍没有对他的工作造成很大的影响。由于这份工作的性质特殊，很快他就和苏丹政府的达官显贵有接触，遇到特殊情况，他还亲自去苏丹宫殿面见苏丹。他靠自己的聪明才智在工作圈子里逐步打下了基础。

阿里·拉扎在这个岗位上工作了两年，其间他获得了来自英国政府和土耳其政府双方的表扬和表彰。而在这段时间内，吉纳特·巴奴也没有闲在家里，丈夫的发展也激励了她继续向前进步。她也学会了土耳其语，听说读写都没有问题。在搬到伊斯坦布尔后，她认识了一些当地人，可以更好与当地人进行交流，和睦相处。

吉纳特会说英语，几乎所有的当地女性都认为她是个情商和智商极高的女人。吉纳特也抓住这个机会宣传自己，尝试为当地女性谋利益。

之前她在孟买开设过一所女子学校，现在她也想在这里开一所女子学校，但是她有两个顾虑：一是她觉得这里的人们，特别是女人有点儿讨厌英语，可能没有人愿意学习；其次，她现在的社会地位较高，生活条件甚至比一些有钱人都还好，她担心开办女子学校后会被世人当成普通的老师或毛拉，这有损她的社会地位，甚至有人可能会觉得她只是为了挣钱才开办女子学校的。

为此，阿里·拉扎和吉纳特想了一个折中的办法。他们在每周五下午五点组织一个女性参加的知识沙龙，不管是吉纳特认识的或不认识的女性都可前来参加。吉纳特作为组织者每周为沙龙选一个议题，前来参加聚会的女性就议题现场讨论，发表想法，分享观点。论坛结束后再约定下周五见面，不见不散。

前来参加沙龙的女性都是当地达官显贵的妻子和女儿们，她们都乘车前来。沙龙场所是从政府那里申请的，四周都有公园，女人们来这里参会前或参会后都可以在周边的公园里散散步，聊聊天，有时也会玩几个游戏，沙龙上还提供有下午茶和小吃茶点。

总之，她们每周五在那里一起愉快地度过，享受周五下午的美好时光，她们整个星期都在期待周五尽快到来。吉纳特虽然不是本地人，但她尽力给她们提供这样一个能相聚的机会，因此大家都很敬重她。

每周组织一场女性沙龙，不仅仅是给虔诚的穆斯林女性提供一个坐在一起聊天的机会，还给这些女性提供一个可以了解、学习宗教知识和科学知识的机会。吉纳特·巴奴为每周五的沙龙选定一些简单的议题，然后从中挑选一个议题和前来参会的女性们讨论。她自己每次都会提前为选中的议题做准备，还会专门阅读一些与波斯语、印度斯坦尼语、英语和土耳其语有关的书籍，做好读书笔记。这些议题大部分与宗教、女德和信仰有关。吉纳特还经常引用《古兰经》和圣训来佐证议题的内容。

通过这种女性教育沙龙，当地女性获得了提升自己的机会，逐步摒弃那些无知落后的习俗和一些不合礼仪的行为规范。可以这样说，当地女性的知识涵养、宗教信仰和品德素养等方面都因此有了很大的提升和发展。除此之外，她们还学习了很多与身心健康有关的知识，这对她们的身心发展都很有帮助。当地女性都特别感谢吉纳特。

为了每周五的沙龙，吉纳特还特意找了几个女性一起帮忙组织，有时候吉纳特也会给她们上台做沙龙主持和议题演讲的机会。后来越来越多的女性对议题演讲感兴趣，为了能选好议题、准备好佐证材料和锻炼演讲口才，这些女性们对阅读和获取知识充满了热情。慢慢地，整个城市都知道伊斯坦布尔的女性因阿里·拉扎的妻子而有了很大的进步，甚至只要有人提到哪个女性是这个沙龙的参与者，人们都会觉得这个女性肯定是个受过良好教育、聪慧虔诚的女性。

苏丹也听说了人们对吉纳特·巴奴的赞美，尤其是她为当地女性安排的周五教育沙龙，他特地嘉奖了吉纳特。这对吉纳特来说是最大的荣誉。正因为这个来自苏丹的表彰，吉纳特·巴奴在伊斯坦布尔的社会地位比当地那些达官显贵的妻子都高。

由于阿里·拉扎在伊斯坦布尔名气大增，苏丹和苏丹的大臣们提议阿里·拉扎辞去大使馆副领事的工作，来苏丹担任一名大臣[1]，但是阿里·拉扎觉得自己这样突然提出辞职并不合适。为此，苏丹政府特意给英国大使馆写了一封信："阿里·拉扎是个尊贵的穆斯林，也是个受过良好教育的知识分子，他已经长时间为英国政府工作，现在请给他一个机会调到苏丹身边，担任一名大臣，这将有益于两国政府

[1]大臣：英译为Ameer，伊斯兰国家酋长、王公、统帅的称号。

之间的友好关系，两国政府之间的联系将更加紧密。”

因为英国政府对阿里·拉扎在工作岗位上的表现很满意，他们也尊重阿里·拉扎的选择，同意阿里·拉扎调到苏丹身边当一名大臣。终于，阿里·拉扎通过英国政府来到了苏丹宫殿。阿里·拉扎之所以想让英国政府授权还有一个重要原因，是因为他知道伴君如伴虎，一个独立国家的国王有至高无上的权力，手中掌握着生杀大权。阿里·拉扎担心万一有一天其他大臣因嫉妒而陷害他，或者他因办事不慎激怒了苏丹，那么英国政府的授权令将会保他一命，使苏丹政府不敢对他任意妄为。

就这样，阿里·拉扎选择了一条对自己最有益的途径进入苏丹的宫殿，成了苏丹最亲信的人。苏丹经常就如何处理各种国内外事务向阿里·拉扎征求建议，特别是在涉及英国政府方面的事务时，苏丹认为阿里·拉扎的建议很有必要。

虽然阿里·拉扎是个外国人，而且曾服务于英国政府，但是苏丹还是非常信任阿里·拉扎，认为阿里·拉扎不仅是个虔诚的穆斯林，而且懂礼数，教育背景好，政务经验丰富，更重要的是阿里·拉扎跟英国政府的关系很好。苏丹曾说：“我如此信任和尊重阿里·拉扎，他不会背叛我的！我希望阿里·拉扎的每个决定都有益于苏丹政府。”而阿里·拉扎的表现也正如苏丹所期望的那样，方方面面都能安排得特别好。总之，阿里·拉扎和他妻子吉纳特在苏丹心里的地位越来越高，也得到了越来越多的尊重。

出乎意料，一个再次让阿里·拉扎在苏丹心中地位提升的事件发生了。有一天凌晨，苏丹在自己的大寝宫做完祷告，正在歇息时，一个宫女将一封密封好的信件呈给苏丹，说：“我在大寝宫外看到了这个。”信封上什么都没有写，也许本来写着什么，但很可能被晚上的露水洗掉了，或者被路过的行人踩掉了。这个宫女在经过大寝宫的时候发现了这封信，她以为是重要的政务文件，或者是苏丹不慎遗落的信件，因此将这封信捡来呈交给了苏丹。

苏丹打开信件，信里写着：“朋友们，恭喜你们，我们的火药运输团队又增加了五到八个人，相信你们已经将第一批火药运到了指定位置，我们也已经将第二批火药运到了相应的位置，请谨慎保管并隐藏好火药。收到你们的回信后，我们会再次为你们运送更多的火药，直到足以炸毁整个皇宫，并将宫殿内的所有人埋葬于此。下个星期五我们必须安排见上一面以便准备下一步的行动。不见不散！”

这是封密谋信，上面没有任何收件人的有效信息，也没有落款签字和寄信地址等。苏丹看完后便把这封信放在口袋里，开始思考：“这封信是怎么传进我的皇宫的呢？有可能是谁无意间遗落的，也有可能是有人故意为之，将这封信放在地上，然后让宫女发现呈递给我。无论如何，从信中的火药和宫殿信息可推断敌人正在密谋造反。”

苏丹就这封信的内容思考了很久，但是觉得现在透露这封信的内容不合适，当务之急就是要尽快想办法制止密谋造反者的阴谋，因此他决定亲自去每个宫殿暗地里搜寻火药。

宫殿里的宫女们都觉得苏丹的行为很是奇怪，感觉苏丹好像在宫殿里检查什么。苏丹故意隐瞒目的，解释说：“宫殿的一些建筑要翻新或重建，我现在就是来看看哪些宫殿需要整修，要仔细检查一下。”就这样，苏丹花了整整一天时间排查火药存放点，但是什么都没有发现。最后，苏丹决定和阿里 · 拉扎商量此事，他相信阿里 · 拉扎的聪明才智和忠诚。

看到这封信后阿里·拉扎非常担心，也感受到了危险正在逼近。仔细研究信件内容后，阿里·拉扎发现谋反者还需要一段时间来完成造反计划，这不是两三天就能完成的事情，因此苏丹和阿里·拉扎都认为他们现在有足够时间去彻查此事。阿里·拉扎建议苏丹暂时保密，不要把这件事情告诉其他人，因为有可能幕后组织者就是苏丹的某个大臣或亲人。

阿里·拉扎觉得既然信是在内宫发现的，那么这个阴谋的组织者有可能与住在宫殿里的某位女性有关。阿里·拉扎觉得他只能在宫殿外调查，对宫殿内没有办法，于是对苏丹说："尊敬的苏丹，如果您愿意的话，我让我的妻子到内宫来住上几天，帮忙在内宫私下秘查此事，而我负责在宫外秘查。我希望我和我的妻子能有所收获，找到线索。其他的事情，等我们秘查后再商量吧！"

第二天，吉纳特·巴奴就来到了苏丹的宫殿，苏丹特意嘱咐宫殿内的侍从们："我邀请吉纳特·巴奴到宫殿里玩几天，大家务必要尊重她，爱护她，好好照顾她。"

阿里·拉扎把整个秘查计划告诉了吉纳特，要求她住进内宫后跟苏丹的王后、妃子们，以及内宫的宫女们好好相处，这样或许才有可能找到线索，给他们一线侦破密谋的希望。

吉纳特和内宫的人相处得很好。宫殿里的人们对吉纳特·巴奴的大名早有耳闻，知道吉纳特·巴奴是大臣阿里·拉扎的妻子，非常聪慧，所以也很愿意亲近吉纳特。

大概八九天后，吉纳特就找到了与谋反有关的线索。苏丹有两个儿子，大儿子是苏丹的嫡长子，是自己家族的血脉；而小儿子是库尔德王妃菲特纳·哈努姆（Fitnah Khanum）的儿子，算是有一半库尔德人的血脉。库尔德人在边境跟土耳其的士兵们打仗。很多人死于那场战斗，有些库尔德人被抓入狱。被抓的还包括几名女性，她们在与土耳其男性士兵战斗时表现得非常勇敢。这几名女性被带到苏丹面前，其中有个年轻未婚的女性，长得特别漂亮，她叫菲特纳·哈努姆。经王后同意，苏丹封菲特纳·哈努姆为王妃，让她住进了宫殿里。

封妃初期，苏丹极其宠爱菲特纳·哈努姆王妃，甚至专宠她一人，将王后和其他妃子都抛之脑后了。菲特纳·哈努姆不久就为苏丹生下了孩子，而今菲特纳·哈努姆进入苏丹宫殿已经七八年了。菲特纳·哈努姆还推荐了两三个库尔德民族的女子来到宫殿里当宫女，这几个宫女就在苏丹寝宫服侍苏丹。

吉纳特·巴奴发现，这个库尔德王妃菲特纳·哈努姆不喜欢苏丹的王后，她们彼此讨厌，而且经常在背后诋毁对方。

吉纳特调查发现，一个库尔德宫女曾假装和王妃菲特纳·哈努姆发生争执，然后她就被顺利调到苏丹王后的大寝宫里了。刚开始，这个宫女故意装作非常讨厌菲特纳·哈努姆王妃的样子，连菲特纳·哈努姆王妃的消息都不想听到。但是不知为何，她后来经常去见菲特纳·哈努姆王妃，而且这个宫女一直住在王后大寝宫的一个偏房里，苏丹的王后因这个宫女不喜欢菲特纳·哈努姆王妃而非常器重她。吉纳特对收集到的这些信息分析了很久，试图通过这些信息找到谋反线索。最后，吉纳特决定去那个库尔德宫女的房间里住几天，顺便探听调查谋反线索。吉纳特找了个理由对那个库尔德宫女说："你这个房间是偏房，比较安静，周围的空气也很新鲜，我想在这里安静地住几天。"虽然从吉纳特住进去的第一天开始，那个库尔德宫女就非常担心，但是吉纳特想办法很快和她熟络了起来，打消了她的顾虑，让她放下了戒备心。

第十七章

侦破谋反

吉纳特·巴奴来到库尔德宫女居住的地方，当天半夜，她刚躺上床，正昏昏欲睡时，忽然看到一个女人从外面走了进来，并和那个库尔德宫女窃窃私语。旁边一个房间的门总是被锁着，这个女人把锁打开走了进去，过了一会儿走出来了，又开始和那个库尔德宫女窃窃私语。

起初，吉纳特·巴奴以为这个女人只是后宫的一个普通宫女，她只是来见见库尔德宫女。但是由于她头天晚上的行为特别可疑，所以吉纳特第二天早上特意调查了一下，发现隔壁房间可以通向宫殿的地下室。这个国家本来就有在房间里建地下室的习惯，冬天他们就在地下室过冬。库尔德宫女房间旁边的那个房间也只在冬天开放，平时都是被锁着的。

发现这个房间的地下室后，吉纳特·巴奴心生疑虑，故意没有提昨夜库尔德宫女和那个女人的密会行为，只是巧妙地跟库尔德宫女说："宫女，我还没有看过苏丹的地下室，让我一饱眼福吧。"这个库尔德宫女却借口说："夫人，地下室里又热又暗，除了蛇蝎，什么都没有。"她竭力劝阻吉纳特前往地下室。但吉纳特哪是轻易放弃的人，她故意说："那要不然，我请王后安排我们去参观一下地下室。"

宫女担心阴谋败露便打开了那个房间。在房间的一侧有通往地下室的楼梯，里面确实很暗，但是通过楼梯后却有一个非常宽敞的地下室，就建在皇宫之下。地下室的一侧放着大约二十根木管，向东可以看到一条狭窄的隧道，一些光从隧道那头照了进来。

吉纳特·巴奴心中疑惑，忽然想到信中提到了火药，而这些木管是不是就装着火药呢？她走近一看，发现地上还散落着一些火药，她感到一阵恐惧，转身返回楼上。

吉纳特出来后对库尔德宫女说："姐妹，我还以为国王的地下室里会存放很多东西，可是这里除了一个房间，什么都没有啊。"她同时问道："这些木管是做什么用的呢？"宫女回答说："我也不知道，也许是用来放一些皇家的东西的。"

之后，吉纳特没有再聊这件事，也没有追问这条隧道是为了什么而挖的，是谁挖的，她不想让那个宫女起疑心。吉纳特在宫女居住的地方又多待了几天后才回来。

吉纳特相信已经完成了阿里·拉扎交给她的任务，但还没有弄清楚当晚来见库尔德宫女并前往那个房间的女人是谁，也没查清火药木管是如何被带入宫殿的，也不知道宫内是谁与宫外的人接头的，更不清楚当天发现的那封信是要送给谁的，送信人又是谁。

吉纳特把她发现的一切都告诉了她的丈夫阿里·拉扎，阿里·拉扎也松了一口气，便私下向苏丹汇报了整个情况，并说："我妻子已经找到了火药的相关信息，剩下的外面的工作就交给我吧，我会亲自处理好。”

阿里·拉扎还请求苏丹说：“陛下，承蒙真主恩典，藏火药的地下室已经找到，可以推断谋反者会在指定的时间点燃火药摧毁整个宫殿，以达到谋杀陛下您和您家人的目的。真主保佑陛下！可这到底是谁在密谋造反还有待调查，所以现在我们需要做个更长远的调查计划。目前，我们最需要做的就是密切监视地下室，如若不然，就要先秘密关闭通向地下室的通道。我们必须谨慎行事，直到我们能确定并逮捕谋反者。”

苏丹对阿里·拉扎非常满意，也非常感谢阿里·拉扎的努力，尤其感谢阿里·拉扎的妻子配合他完成这项任务所做的一切。苏丹承诺奖励阿里·拉扎顺利完成这项任务，说：“你的忠诚很快会为你赢得你应得的奖励。”

在阿里·拉扎的建议下，苏丹立即找借口换掉了那个库尔德宫女，把她调离了宫女居住处，并送回到她的原主人，也就是苏丹第二任妃子菲特纳·哈努姆那里。然后，苏丹派遣他信任的士兵看守那个房间，并亲自调查地下室里发现的那条隧道，发现宫殿东墙外有一栋废弃的房屋，隧道是从那里开挖的，是一条可以从宫外直接通向宫殿内部的隧道。

那间房屋白天一直锁着，所以秘密调查并没有被人发现。苏丹让士兵日夜秘密看守这个地方。这一切是秘密进行的，无论是宫内还是宫外，都没有人怀疑他们已经在地下室发现了火药。谋反者现在也难以找到机会去到这个暗藏火药的地方。

完成前期秘密调查工作后，阿里·拉扎又向苏丹提了另一个建议：“陛下，明天您可以找个借口在朝堂上公然对我发怒，罢免我的职务，并将我逐出朝廷。只有这样，我们才能尽快达到查出真相的目的，谋反者才有可能联合我一起造反，这样我才能有机会接近谋反者。虽然这样有可能危及我的生命，但为了国王的安全，臣民必须做出应有的牺牲。”

虽然苏丹也知道这是一项非常艰巨的任务，但看到他的大臣阿里·拉扎的决心和勇气，他同意了。

第二天，苏丹在朝堂上当着众人的面严厉斥责了阿里·拉扎，他严声呵斥说：“我把与外国政府事务有关的重要文件都移交给了你，并命令你立即采取行动，但是你却故意不服从命令，以致我们的敌人已经达到了他们的目的，成功侵袭了我们的边界，并且我还发现你与他们有勾结。我现在非常怀疑你的忠诚，你因此受多少惩罚都不为过。但鉴于你曾为我们国家服务良久，而你又是通过英国政府来到我这里，因此我对你网开一面，饶你一命。但我命令你立即离开，从今天开始，你的职位被罢免，你将被逐出朝廷。”

阿里·拉扎低着头默默地走出朝堂，在场的大臣们一直都很欣赏阿里·拉扎，都不同意苏丹的决定，并极力请苏丹收回成命，但苏丹坚持自己的决定。这个罪名来得太突然，阿里·拉扎的支持者们都很是伤心难过，而阿里·拉扎被罢免职务的消息像野火一样在这座城市里迅速蔓延开来。

阿里·拉扎提醒吉纳特·巴奴要多加小心后，便踏上了去库尔德斯坦的征程，他确信库尔德人参与了这场阴谋。为什么呢？首先，从吉纳特·巴奴的调查中得知，苏丹的爱妃菲特纳·哈努姆就是库尔德人，而她并不喜欢苏丹的王后；其次，吉纳特已经查清住在地下室隔壁房间的那个库尔德宫女也参与了这场阴谋；其三，秘密调查得知，通往皇宫的隧道就是从宫殿外的那座废弃的房子里开挖的，而且一些听命于苏丹的库尔德人就住在这座废弃的房子里，这些库尔德人在得到苏丹的允许后，经常往返于自己的家园和土耳其之间。阿里·拉扎在库尔德人的帮助下很快就离开了伊斯坦布尔，前往库尔德斯坦。

库尔德人坚信是因为苏丹不再信任阿里·拉扎才把他逐出朝堂，所以现在他肯定会反对苏丹。而阿里·拉扎确实开始故意在公开场合反对苏丹了。

阿里·拉扎是个受尊重的人，他的到来受到了库尔德人的热烈欢迎，他们坚信阿里·拉扎的建议和帮助会非常有用，因此非常信任他，将整个谋反计划都告诉了阿里·拉扎："我们和菲特纳·哈努姆在一起，而且我们中的大多数人都是她的亲戚。苏丹非常珍爱菲特纳·哈努姆，她和苏丹还有一个儿子，但苏丹和王后也有一个儿子，所以王后的儿子将会成为苏丹王位的继承人，因此菲特纳·哈努姆将王后的儿子看成眼中钉肉中刺，这个计划也正是她的建议。我们正计划将苏丹、苏丹王后以及王后的儿子一起干掉，然后菲特纳·哈努姆王妃的儿子将成为唯一的王位继承人。现在王妃菲特纳·哈努姆的儿子还小，在他长大之前，国家的大权都将掌握在菲特纳·哈努姆王妃手中。一旦计划成功，我们都会因此得益，家族兴旺，而你阿里·拉扎也将得到应有的回报，菲特纳·哈努姆会恢复你以前的职位。"

阿里·拉扎说："为了菲特纳·哈努姆王妃，我愿意肝脑涂地，在所不辞，国家也不需要苏丹这样无能的国王。我非常支持你们的计划，并将尽我所能帮助你们，无论你们派给我什么样的工作，我都会全力以赴。即将发生的这一切都是真主的旨意。但是你们得先告诉我，我们将如何杀死苏丹、王后和大世子呢？"

他们告诉阿里·拉扎："苏丹王后居住的大寝宫离宫殿外墙很近，我们派了一些库尔德人住在墙外附近一个废弃的房屋里，从那里挖了一条隧道通向宫殿内部的地下室。每当太阳落山，我们就在这个废弃的房屋里组装火药管，然后通过隧道把这些火药管运送到地下室。等到深夜，就派一些年轻小伙子伪装成宫女，跟那个库尔德宫女进入地下室，将火药管拖到苏丹宫殿正下方的地下室里。我们已经在运送火药上花了两个月时间了，再有一个月就能完成所有火药的运送工作。想要炸毁这么大的宫殿需要大量的火药，当地下室储存的火药足够炸毁整个宫殿时，我们就会派人在某个晚上的指定时间点引爆火药，一旦计划成功我们就可以改朝换代了，天下就是我们的了。"

阿里·拉扎听到这一切便故作惊讶地说："朋友们，你们的聪明才智无与伦比。把不可能变成可能是勇敢者才能做到的事儿。若真主愿意，你们肯定会得偿所愿。现在请告诉我，需要我做什么？"

他们说："你对我们很好，我们不会派给你任何肮脏的工作，等一切准备就绪后，晚上引爆火药摧毁宫殿的工作就由你负责。"

阿里·拉扎说："这对我来说将是一件无比荣幸的事情。"

谈到这里，一名库尔德骑兵从伊斯坦布尔赶了回来，谋反者们问他："大哥，有没有什么好消息？"他回答说："一切都很好。看来，我们的计划就要成功了。不过，宫殿周围的守卫更加森严了，而且从宫殿进入地下室的入口被关闭了，我们派到宫殿的那个库尔德宫女也被从那个房间调离到别处去了。"

谋反者们又问道："你把佩哈勒万·汗（Pehalwan Khan）[1]的回

---

[1]佩哈勒万·汗：英译为 Pehalwan Khan，在小说中是谋反者派到苏丹宫殿的一个对接人，但小说没有对此人作其他具体介绍。

信带回来了吗？”

他回答说：“所有的火药都被安全地送到了地下室，而且我亲自将所有的火药放在合适的位置。但是回信在运送火药的过程中不慎遗失了，可能是在拖运火药管时，遗落在地下室里了。”

谋反者们说：“在我们确定这封信没有掉到外面前，我们都要做好计划失败的准备，有可能我们现在做的一切努力都将付之东流。”

他们其中的一个人不禁大声问道：“大哥，如果有人找到那封信又能怎样？信里既没有署名，也没有任何其他指向性的提示，捡到这封信的人如果不知道我们计划的任何信息，他能看懂什么？呸！只要真主愿意，我们的计划会成功的！”

阿里·拉扎听了他们的对话后确信，苏丹发现的那封信和这封他们不幸丢失的信就是同一封。这封信当时被一个伪装成女人的信使装在罩袍里，但是不幸遗落在路上，信使却以为将信丢失在地下室了。

目前，他们已经停止向地下室运送火药管，并派人去打听，看是否有机会携带火药管去宫殿外的那个废弃房屋里，还能不能从废弃的房屋下面的隧道进入宫殿地下室。就这样，八天过去了，打探情况的人回来了，并告诉他们说：“现在我们无法从宫殿内进入地下室，如果我们强行找借口进去会引起苏丹怀疑，导致计划暴露。虽然我们可以通过宫殿外的那个废弃房屋下面的隧道进去，但宫殿外面守卫森严，现在运送火药进去非常困难。”这个人补充说：“王妃菲特纳·哈努姆已传来消息，新月的第一日到第三日整整三天，苏丹都会住在王后的大寝宫里，这将是我们引爆火药的最佳时机，机会难得，我们要抓住时机完成计划。”

听到这个消息后，谋反者急忙聚集起来，商量谋反计划具体实施事宜。有人说：“火药存量可能不够多，很容易导致计划失败，因此我们还要派一些剑术精湛的年轻人混进宫殿协助计划实施，必要时，要将苏丹、王后以及大世子刺死。这是一项危及生命的任务，但无论怎样都必须将苏丹、王后和大世子一起干掉。要想完成这个任务，必须想办法进入王后的大寝宫里，可这非常困难。”

阿里·拉扎建议他们说：“按你们现有的火药存量，如果所有火药都被密封在管道内，没有遗漏，足以炸毁整个宫殿了。而且时间不多了，所以我们最好选定日期，无论如何都要引爆地下室里储存的所有火药。如果成功，那我们就取得胜利了。如若不然，我们就派持剑士兵协助完成刺杀任务。如果我们的计划失败，也没有人会知道刺杀计划的幕后指使者是谁，我们还可以从长计议，制订更好的刺杀计划。”

对此，谋反者都表了态，多数人赞成阿里·拉扎的提议，都高呼真主伟大。谋反者都同意在新月的第一天集聚到宫殿周围，在新月第二天午夜引爆火药炸毁宫殿。由于人太多，不能一起前往宫殿外面废弃的房屋，因此他们分成两队人马，第一队人马大约十个人，先到那个废弃的房屋里守候，等待阿里·拉扎的信号；第二队人马则在宫殿附近的客栈里等候消息。一旦用火药谋杀苏丹计划失败，所有谋反者都立即集聚到宫殿周围实施刺杀计划。

他们还建议派第一队人马中的两个人先前往地下室，将火药管打破，把火药管中的火药绳牵到宫殿外面的废弃屋里，然后再在废弃房屋里将火药点燃。

阿里·拉扎建议将这项工作交给自己来完成，他说：“大家都按计划在指定的地方等候。我会在计划的两三天前去伊斯坦布尔，在伊斯坦布尔自行获取信息。在实施计划的那天傍晚，我也会赶到那个废弃的房屋，然后等到半夜，我们就实施我们的大计。你们按计划各就各位，等待信号。”大家都同意了这个提议。

新月的第一天已经临近。阿里·拉扎提前两三天出发来到了伊斯坦布尔，并向苏丹递送了一封秘信：“愿您圣安。我已经成功掌握了整个谋反计划。如果真主愿意，密谋造反的反贼将被摧毁。”然后他将整个谋反计划都告诉了苏丹。

苏丹听到谋反计划的细节后，感到不寒而栗，他不敢想象其可能导致的可怕后果。但想到这个谋反计划已经被侦破，他也松了一口气，开始感谢真主，称赞起阿里·拉扎。

与此同时，苏丹觉得应该提前安排一支步兵和一支骑兵，在库尔德人密谋造反的当天傍晚，兵分两路缉拿反贼，一支队伍前往废弃的房屋缉拿等候于此的反贼，另一支队伍则前往客栈逮捕另一组反贼。这样就可以万无一失，将所有犯上作乱者一网打尽。

很快，新月的第二天来临了。按照谋反者所说，这是末日之夜。在这个末日之夜，所有的谋反者都按计划到达了各自的目的地，而在那个废弃房屋里的库尔德人正在等待阿里·拉扎的到来。这些人一边大吃大喝一边将这个末日之夜当成谈资，相互说笑。

他们甚至不知道苏丹的士兵已经将他们包围了。突然，士兵们破门而入，成功地逮捕了所有的谋反者，他们已无处遁逃。而且手无寸铁、毫无戒备心的他们还没搞清楚状况就被逮捕了，因为他们根本没想到会发生这样的事情，即使是那些有兵器的谋反者也根本来不及拿起武器反抗。

宫殿周围守卫森严，所有谋反者都被关进了监狱，苏丹特派护卫严密监视和看守他们。与此同时，王妃菲特纳·哈努姆、宫殿内的库尔德宫女以及宫殿内其他库尔德男性都被监禁了。

全城一片哗然，整个伊斯坦布尔的人们都在议论此事，彻夜难眠。第二天上午，苏丹开始彻查此案，他命人打开了地下室，并从那里搜查到了大量火药，也从那个废弃房屋里发现了通往宫内地下室的隧道。

谋反者在审判中被判有罪，苏丹下达命令，将所有谋反者处以炮火之刑。库尔德宫女们被驱逐出境，而王妃菲特纳·哈努姆被废黜，贬为囚犯。但王妃的儿子是无辜的，还未成年，需从长计议，给他安排很好的教育。

很快，谋反者被执以炮火之刑。苏丹用谋反者运进宫殿的火药炸死了所有反贼，让他们尝到了自食其果的滋味，而其他参与谋反的人也都受到了相应的惩罚。

第十八章
庆功大会

成功平定叛乱后，苏丹安排了盛大的表彰庆功大会。庆功大会上，苏丹特意表扬了阿里·拉扎和他妻子吉纳特，说：“阿里·拉扎和吉纳特为了保护我们，不惜铤而走险，置自己生死而不顾帮我们缉拿叛贼，在此衷心地感谢他们。之前，我在朝堂对阿里·拉扎勃然大怒并把他逐出朝堂是我们为缉拿叛贼故意商量的对策，这还是阿里·拉扎向我献的计策，我希望我的臣民们都能像阿里·拉扎一样忠诚于我！”

表彰完阿里·拉扎后，苏丹昭告天下，恢复阿里·拉扎的大臣职位，给阿里·拉扎颁发了奖章与奖品，授予他顶级徽章和奖牌，并授予他“穆卡拉布·苏丹”[1]的荣誉称号。

从此以后，国家大小事务苏丹都会征求阿里·拉扎的建议，国家朝着正确的方向前进，经济蓬勃发展，呈现出一派国泰民安的局面。这些成就都归功于阿里·拉扎正确的策略，以及他对政府的赤诚忠

[1]穆卡拉布·苏丹：意为苏丹宠信的人或是苏丹亲近的人。

心。阿里·拉扎对那些曾经职位高于自己，而现在已是自己下属的官员非常友善，他们也都愿意誓死追随阿里·拉扎，对阿里·拉扎的晋升没有一点醋意和不满。阿里·拉扎的仕途从此平步青云，他已经得到了一人之下万人之上的权力。他从来没有向真主许求比这更美好的愿望，但在这个岗位上已经干了五年了。

这五年里，阿里·拉扎曾带着他的母亲、妻子和女仆一起去麦加朝圣，因为从他现在住的地方去麦加和麦地那非常方便，苏丹的大臣们也经常去那里朝圣。阿里·拉扎的母亲江·比比在麦地那朝圣时寿终正寝，他将母亲安葬在那里。

母亲的离世让阿里·拉扎、吉纳特和女仆玛丽亚姆都感到非常伤心。江·比比是家中唯一的老人，她的存在给这个家带来了一份独特的安全感。她为儿女们劳苦一生，幸运的是儿女们都很孝顺，儿子也得到苏丹的信任而位高权重。她也享受了儿孙绕膝的天伦之乐，有生之年亲眼见到儿孙们过上了美好的生活。她向真主许的愿望都实现了，她已经得到内心想要的。她自己也是个信仰虔诚的女人，而她最后的荣耀是长眠于圣城麦地那，并被埋葬在这片圣土下。

从麦地那朝圣回来后，阿里·拉扎改名为哈吉·阿里·拉扎·佰戈·阿凡提·穆卡拉布·苏丹（Haji Ali Raza Baig Afandi Muqarab e sultan）。他很早就有寻根的想法，当他刚开始担任大臣一职后，就更希望能见到自己故乡的人民，渴望见到自己的亲人，但是考虑到自己父亲曾被变卖为奴，有过一段被奴役的屈辱历史，他没有跟任何人提过这个想法。再加上他的故乡现在归俄罗斯管辖，因此他觉得贸然前往寻亲很不合适。但他发现他心里想寻根问祖的想法愈发强烈，因此他跟苏丹坦白了心里的想法，向苏丹陈述说：“我爷爷是土耳其负责管辖边境地区的军官。我父亲由于种种原因被迫离开故土去了信德省，最后定居信德省，老死在了那里。我也出生于信德省，但是我一直非常渴望能回到我的故乡去看看，在此我特向您申请几个月的长假，允许我回去寻一寻父辈的亲人。”苏丹听完便欣然同意了他的请求，还给阿里·拉扎提供了必要的帮助。考虑到阿里·拉扎要进入俄罗斯的统治区域，苏丹还专门给俄罗斯沙皇写了一封信，信里提到阿里·拉扎将要来访，恳请予以接待。俄罗斯沙皇收到信后便向全边境地区诏告：“苏丹一位尊贵的大臣将来访我国，请尽量配合他的访问行程。”

一切行前安排准备就绪后，阿里·拉扎便带着妻子吉纳特·巴奴和女仆玛丽亚姆一起开始了寻根之旅，并且还带了一些助手和政府职员随行。他们在越过边境山区后到达了目的地。

阿里·拉扎通过梳理与父亲有关的记忆和阅读研究相关历史书籍，查到了俄罗斯和伊朗发生战争的年代。也就是在发生战争的那一年，阿里·拉扎的爷爷跟随俄罗斯军队作战，并在战争中牺牲了。

好在这个边境地区受过教育的一些老人积极地配合了阿里·拉扎的寻根之旅，给他提供了很多重要的信息。

这片边境区域有五到八个小的管辖区，他们在其中一个管辖区发现了父亲曾提到的有关家族信息的线索，阿里·拉扎相信他爷爷曾经就是负责管辖这个区域的边境军官。

他向当地人询问：“当时管辖这片区域的边境军官有儿女吗？”

他被告知，当时的边境军官和他的大儿子在战争中牺牲了，而他的妻子和小儿子被俘，并被伊朗军队带去了伊朗，再往后的消息就不清楚了。他还得知，这位边境军官牺牲后，军官的弟弟便承袭了他的职位，接替他当上了新的边境军官。但是不久，这名军官的弟弟也在战争中牺牲了，再往后便是子承父业，他们家一代代承袭这片区域边境军官的职位至今，目前管辖这片区域的边境军官就是他们家孙子辈的一员，名叫乌迈尔·达拉兹·汗（Umer Daraz Khan）。

为了能和乌迈尔·达拉兹·汗见面，阿里·拉扎准备前往他管辖的区域，那里是山区，周围连个大城市都没有。他们按农村人的生活方式和习俗生活在这里，跟自己的祖辈一样一直住在同一个地方，而且根据习俗，他们从族人中选出一人来做当地的领袖。

阿里·拉扎翻山越岭，终于见到了乌迈尔·达拉兹·汗。在彼此问候了一番后，阿里·拉扎说："我是苏丹的大臣，听说这片区域气候宜人，风景美丽，特地来这里看看！"

乌迈尔·达拉兹·汗也像其他的族长一样收到了苏丹的大臣阿里·拉扎前来访问的诏令，因此非常热情地欢迎阿里·拉扎的到访，并带阿里·拉扎去所在地区的公园、河流等值得一看的地方游玩。一天饭后他们坐在一起聊天，谈起过去的事情时，他们谈到了那一场战争。

阿里·拉扎抓住时机，对乌迈尔族长说了心里话："我的爷爷和你的爷爷原本是亲兄弟，而且我爷爷是你爷爷的长兄。"听到这里大家都很震惊，时隔这么多年还能找到失散的亲人，这让他们高兴不已，大家向阿里·拉扎及他的随行者们表达了更多的尊重和爱戴。

如果按族长承袭原则，族长的孙子中，作为长兄的阿里·拉扎应承袭族长职位，但是现在阿里·拉扎已经有了比族长更高的官职，而且他来到这里的目的只是为了寻找自己的亲人和看看自己的故乡，因此乌迈尔·达拉兹·汗并不会面临丢失族长职位的威胁，为此他还亲自向阿里·拉扎表达了感谢。加之阿里·拉扎是受人尊敬且位高权重的大臣，因此当地人对阿里·拉扎认亲的行为也没有产生任何怀疑。

随后，周围的人们都来拥抱阿里·拉扎和吉纳特，就像许久未见的亲人再次见面那样彼此拥抱。他们带阿里·拉扎看了他爷爷留下来的遗物——一把剑和一支矛。阿里·拉扎便将遗物保留在身边以作留念，然后他询问他爷爷的墓地在哪儿。他被告知，他爷爷就埋在当年的战场所在地。人们还告诉他："我们生在山区，死在山区，生活在刀光剑影中，战场就是我们的墓地。"

阿里·拉扎将父亲和他自己的经历都一一分享给了族人们，族人们都为他们背井离乡的艰难经历感到难过，同时又为能再次重逢而感到开心。就这样，阿里·拉扎在那里住了两三个月，在这段时间里，他和族人之间的关系越来越亲密，彼此都舍不得再次分别。

即将离别之际，阿里·拉扎跟他们说："你们中间的一些年轻人可以跟我一起离开这儿，我可以向苏丹举荐你们，给你们推荐更好的工作。"但是他们的回答是："我们在这里过得很开心，从祖父那一代开始我们就一直住在这个山区，所以让我们离开家乡寻求新的出路也不一定适合我们。"族人们谢绝了阿里·拉扎的提议，没有离开家乡。

离别的时刻最终还是到来了，阿里·拉扎要动身离开了，族长带领族人们把他们送到边境，深情道别后大家才依依不舍地往各自家的方向走去。

在经历了五六个月的寻根之旅后，阿里·拉扎回到伊斯坦布尔，并向苏丹汇报了整个旅途的经过。苏丹为阿里·拉扎能见到自己亲人，看到自己的故乡而感到非常开心。

阿里·拉扎继续在伊斯坦布尔担任大臣一职，他的大儿子马赫布布·阿里通过了律师考试。他们通过书信的方式保持联系。作为父亲的他每月都及时给大儿子发放生活费。

马赫布布·阿里想去孟买从事律师工作，阿里·拉扎也认同他的想法，不仅因为他们在孟买生活过很长一段时间，那里的人们都认识他们，还因为他的女儿也在孟买生活，因此马赫布布·阿里从国外回到了孟买。

但是他不是一个人回孟买的，他把他的英国妻子也带回了孟买，他们俩已经在英国结婚了。他在英国学习生活的时间较长，在那里结识了一个英国女孩，结婚之前他也告知了自己的父亲。虽然阿里·拉扎对这段婚姻有异议：第一，他觉得自己是个虔诚的穆斯林，希望自己的儿子能和穆斯林家庭联姻；第二，他考虑到儿子和一个英国女孩结婚，未来可能会面临不小的麻烦，小两口的生活方面是很好安排，两个人可以一起过好日子，但是双方亲人之间要和谐相处就会非常困难。除此之外，如果日后有了孩子，在孩子的宗教信仰、生活方式以及孩子的继承权等方面也都会遇到很大的麻烦。阿里·拉扎把这些可能存在的麻烦都告诉了儿子，但是儿子完全没有听父亲的话，他已经爱上了那个英国女孩。另外由于长期在国外生活，他在宗教信仰等各个方面都变得很开放，他们俩最终还是结婚了。

在英国学习医学，并跟哥哥住在一起的弟弟曼苏尔·阿里也不看好这桩婚事。曼苏尔·阿里品行跟他爸爸一样，他也向哥哥提出了一样的建议，但是哥哥马赫布布完全听不进去任何人的建议，结婚后就带着妻子回到了孟买。

回到孟买后，马赫布布开始打理自己的生意。他为人聪明，性格开朗，很快就在孟买小有名气。由于孟买城里很多尊贵的大人们都认识他的父亲，因此很多人都开始联系他，就这样，他的生意越来越红火。在很短时间内他就积累了很多财富，很快就购置了属于自己的房产，并在孟买定居。

阿里·拉扎在大臣这个岗位上已经工作了不少年头，他觉得已经到了可以退休的时候了。他的儿女也都有了很好的归宿，他为他们安排了最好的发展道路。他自己性格和善，非常虔诚，现在也已年过半百，都五十多岁了。

他为追求自己想要的快乐和财富已经奋斗了大半生，他已经得到了他想要的一切。现在最合适的选择就是在生命最后的时日里退位休息，专心从事祈福真主的事务。他妻子吉纳特·巴奴也像他一样是个虔诚的女人，支持他的这个决定。他们的大儿子已经在孟买有了自己的事业，他们打算回孟买住一段时间，然后在城市郊外找一个合适的地方颐养天年，度过余生。

阿里·拉扎想退位休息还有另外一个原因，就是在久居高位后，有些大臣开始眼红嫉妒，也曾试图陷害他，但都没有成功。他相信自己的忠诚为人，即使知道有危险存在，但他并不惧怕敌人。尽管苏丹也对他很好，但他想："在这里我是个陌生人，真主慈悲，今天我才能身居高位。今天一些大臣并不喜欢我，而我也不知道明天会发生什么，有可能以后我会后悔没有及时退位离开，因此现在功成身退离开这里是最合适的。"他也知道伴君如伴虎，而且君王的性情难以捉摸，"今天的苏丹信任我，重用我，谁知道明天会怎样？也许有一天苏丹被争风吃醋的大臣蛊惑不再信任我，或者有一天自己被奸臣陷害，苏丹也可能因此疏远我"。虽然他已经做好了应对这种潜在危险的准备，几乎没有给危险留下一点儿发生的可能性，但是他也知道终有一天他要离开这里，他并不想在这里终老，因此见好就收，在最受人尊敬的状态下离开这里是最佳的选择。

在做出离开的决定后，他便用一些私人的理由向苏丹提出离开的请求。他向苏丹解释说因私人要事必须回孟买。苏丹对他没有任何疑心，而且也一直信任他的忠诚。苏丹想尽力改变阿里·拉扎的决定，但是阿里·拉扎谦卑地向苏丹解释说："我不敢离开我善良的主人，但是现在实在没有其他办法，我必须要离开这里了。但是不管我去到哪里，我都是您最忠诚的仆人，我会向真主祈祷祝福您的朝政安定，国土永固。真主愿意，我会再来这里拜见您。如有不妥，我可以把我的一个儿子放在您身边效忠您。"

最终，苏丹还是同意了他回孟买的请求，离开时苏丹赏赐了他很多财物。那些和阿里·拉扎关系很好的大臣们都舍不得他离开，而那些眼红阿里·拉扎的大臣们虽然表面上为他的离开感到伤心，实则心里乐开了花。阿里·拉扎和他们道别后，便和家人一起回到了孟买。

回到孟买后，起初，他和自己的大儿子住在一起。时隔多年再次见到父母，大儿子马赫布布·阿里也很是开心。马赫布布·阿里的房子很大，他把半套房子都分给父母住，他自己住在另外半套房子里。

听到阿里·拉扎和他妻子吉纳特回到孟买的消息后，原来跟他们关系很好的人们都兴高采烈，纷纷前来拜访，夸赞他能在苏丹宫殿里担任那么高的职位。熟悉的老友们都陆续来拜会他们，有时候他自己也会亲自去拜会老友们，因为他们都彼此熟悉，感情深厚。就这样，阿里·拉扎在孟买愉快地度过了一段时间。

第十九章

不孝与醒悟

阿里·拉扎回到孟买的时候，小儿子曼苏尔·阿里在国外已经通过了医学方面的一系列考试，之后又参加了公务员考试，但由于体质较弱，没能考上军事部门。随后他又参加过两次公务员考试，但都没有通过，因此已经没有理由在国外久留了，留在国外也是无所事事。

但是由于曼苏尔已经参加过几场水准较高的大型考试，从某种层面看，他肯定算是个高智商了。在跟自己的导师商量未来的发展方向时，导师建议："我觉得你最好还是自己创业！"

导师建议他不要回孟买，而是直接去伊斯坦布尔。导师跟他说："去伊斯坦布尔开创自己的事业吧，如果有机会能留在政府部门工作，一定要抓住，不要错失良机。"曼苏尔听从了导师的建议，随后他便从英国直接去了伊斯坦布尔。虽然他在英国居住的时间和哥哥马赫布布·阿里一样长，但是并没有像哥哥一样娶个英国妻子。弟弟曼苏尔和哥哥马赫布布的思维不一样，曼苏尔性情更像他的父亲，在国外留学的时候只顾埋头做自己的事情，对其他事情都不感兴趣。

阿里·拉扎与苏丹政府的大臣们联系，在大臣们的帮助下向苏丹举荐了自己的儿子曼苏尔·阿里，因此曼苏尔·阿里一到伊斯坦布尔就受到了他们热烈的欢迎，曼苏尔感到非常开心。那个时候，在欧洲国家学医归来的学子们本来就会受到当地人的尊敬，加上曼苏尔·阿里也是穆斯林，而且还是苏丹政府前“首相”阿里·拉扎的儿子，因此这里的人们就更喜欢他了。

曼苏尔·阿里凭借他有过留学英国的经历开始创业。留学英国时，他父亲一直支付他的学费和生活费等日常开销，他过着衣食无忧的日子。他自己创业后自食其力，很短时间就在当地小有名气，还给很多当地人提供了无私的帮助。这一过程中，曼苏尔意识到掌握土耳其语的重要性，于是通过学习一些初级土耳其语书籍以及与本地朋友沟通交流来练习土耳其语，很快就学会了土耳其语。曼苏尔是个性格温和、内心善良的人，特别愿意帮助当地的穷人。

曼苏尔能来伊斯坦布尔并服务这个国家，苏丹非常高兴，决定给予他高薪，同时还允许他创立自己的企业。苏丹愿意这样支持他，主要原因有二：首先是感恩他父亲曾赤胆忠心地效忠苏丹政府；其次是曼苏尔的到来也确实为当地人民带来了不少益处。在工作中，苏丹开始向他征求一些处理国家要务的建议，曼苏尔·阿里也因此过上了特别受当地人尊敬的生活。

曼苏尔·阿里在伊斯坦布尔还结识了很多高贵富有的大人们。在他抵达伊斯坦布尔八九个月后就结婚了，新娘也来自当地一个尊贵的大家庭。曼苏尔·阿里自身的条件和社会地位众人皆知，因此他受到了当地人的尊重。另外，他不仅年轻，而且长得帅气，从来不担心找不到结婚对象，他娶进的新娘是个集美貌与智慧于一身的年轻漂亮的姑娘，名叫比比·法拉克索兹·贝格姆（Bibi Falak Soz Begum）。

就自己的婚姻大事，曼苏尔·阿里也征求了父亲的意见，得到了父亲的支持，就这样，他也有了自己的小家庭，过上了幸福的生活。

曼苏尔·阿里的家庭从任何一个层面来看都是让人心生羡慕的。对他来说，最重要的是夫妻俩宗教信仰要相同，要来自同一个民族，要健康年轻，这样他们才能建立一种稳定的婚姻关系。

在孟买，住在一起的父子俩经常会闹些小矛盾，虽然阿里·拉扎和吉纳特·巴奴也是新时代的人，也了解新时代的要求，而且都会英语，但是他们都是虔诚的穆斯林，保持着每日诵读《古兰经》、做祈祷的习惯，并且严格按照穆斯林习俗和规范来生活。但是马赫布布·阿里和他英国妻子的思维模式跟父母的并不一样。

作为阿里·拉扎的儿子，马赫布布·阿里理应尊重自己的父亲，但是很多时候马赫布布·阿里对父亲的态度恶劣，在他看来，阿里·拉扎似乎不像是他的父亲，更像是个陌生人，他甚至觉得父亲是个社会地位低下的人。由于在英国学习生活过很长一段时间，这让他很是骄傲，他甚至觉得英国人在各个方面都好：性格坦率，想说什么就说什么。马赫布布·阿里的脾气本来就很暴躁，骄横跋扈，经常忘乎所以，不敬重长辈。每每与父亲发生争执，他的英国妻子也火上浇油地支持他，为他说话。在阿里·拉扎看来，那些欧洲女人不尊重自己的丈夫，丈夫都要服从她们的命令，围着她们转。马赫布布·阿里的英国老婆也这样对待他，因此父亲和大儿子逐渐有了隔阂。

马赫布布·阿里和他的英国妻子看都不想看那些经常与阿里·拉扎来往的本地朋友，很讨厌他和这些本地朋友来往，但是他们俩却愿意热情招待那些经常来看望自己的英国朋友。阿里·拉扎对儿子这样的表现很是伤心，儿子这样不平等的交友观，让父子俩经常闹矛盾。

马赫布布·阿里经常跟妻子一起去参加英国朋友们组织的私人舞会，有时与他们往来的英国朋友也会带他的妻子出去玩儿。阿里·拉扎很看不惯这样的交友方式，可是每当阿里·拉扎跟儿子谈论这个时，他儿子就以一种很不尊敬的态度对待阿里·拉扎。

阿里·拉扎意识到没法继续和儿子生活在一起，否则他们之间的矛盾会越来越严重。虽然住在一起时马赫布布·阿里不让父母花一分钱，家中所有开销都是他来支付，大家每餐都在同一个餐桌上吃饭，但是后来大家就分开吃饭了。虽然他们一开始住在儿子的房子里，但现在住在这个房子里也不行了，并且马赫布布·阿里也不反对父母离开他家。虽然他没有直接跟父母说让他们离开他家，但是他和他英国妻子的态度就好像在告诉父母，他们不能接受父母继续和他们住在一起了。所以，阿里·拉扎便在外面租了房子，搬离大儿子家后住到租用的房子里，和儿子断绝了关系。

虽然阿里·拉扎只是想在他生命最后的那些年里在家好好休息，几乎不从事任何工作，但他并不是一点儿钱也没有。虽然大部分积蓄不是花在孩子身上就是用在福利事业上了，但是他还是有足够的存款，如果想自己再做个生意什么的还是没有问题的。

阿里·拉扎和吉纳特·巴奴都认为把自己的积蓄花在孩子们的教育和发展上是最值得的，使自己的孩子成为一个独立自主的人是为人父母最重要的责任，他们只希望年老后能在孩子的陪伴下度过。他们以为孩子们肯定会好好孝敬他们，但是大儿子的不孝态度让他们特别失望，而现在老两口儿只能在失望的情绪中自己过日子，他们渴望知道小儿子对他们的态度，希望自己能平安度过余生。

阿泽玛特·巴奴和她丈夫能做的也只是安慰阿里·拉扎和吉纳特·巴奴。可怜的阿泽玛特·巴奴以前经常去哥哥马赫布布·阿里家，但是她在哥哥那儿没得到想要的尊重后，也就尽量不去他家了。当她得知父亲和爱她如亲生女儿一般的继母吉纳特回来并和哥哥一起住时，阿泽玛特·巴奴才又开始经常去哥哥家看望父母。当她听说父母要搬出来自己住时，她恳求父母搬到她家和她一起住，就连她的丈夫也劝说阿里·拉扎和吉纳特·巴奴搬来和他们一块儿生活。但是阿里·拉扎和吉纳特·巴奴觉得他们是被儿子嫌弃后才搬出来的，这时候搬去女儿家并不合适，因此他们在外面租了一个小房子，住在外面。阿泽玛特·巴奴和她丈夫也经常来看他们。

父母搬离后，仿佛也卸下了压在马赫布布·阿里和他的妻子身上的重担，他们并没有为自己的所作所为感到羞耻懊悔，反而为父母的离开感到特别开心。但是没过多久，马赫布布·阿里就意识到自己做得很不对，他的英国妻子虽然也来自一个尊贵的家庭，但她为人刻薄，在她眼里只有她自己。她喜欢打扮自己，也非常喜欢旅行，一点儿都不关心在乎自己的丈夫。一直和这样一个态度恶劣的妻子生活在一起，久而久之连马赫布布·阿里本人也都厌倦她了。

慢慢地，他也醒悟了，开始拒绝参加那些英国人组织的舞会，也只是偶尔拜访一下英国朋友家，尽量避免与他们频繁来往。也许是他的朋友提醒了他，也可能是他自己听到了人们的流言蜚语，他也开始禁止自己的妻子参加那些社交活动。

但是他的妻子早已养成了我行我素的生活方式，丈夫的这种“干涉”让她很生气，她根本不理会丈夫。她有自己的思维模式和处事方式，对她来说，有没有丈夫都无所谓，因此夫妻俩经常闹矛盾，经常争吵。他俩的脾气都极端暴躁，有时甚至会辱骂和殴打对方。

他们俩之间已经没有了爱情，感情也破裂了，现在他们的生活只剩一地鸡毛。有一次他的英国妻子甚至把马赫布布·阿里告上了政府法庭，好在马赫布布·阿里自己就是个大律师，他通过支付罚款的方式才成功脱身。

这件事情发生后，马赫布布·阿里大受打击，夫妻俩的矛盾也越来越深，他们俩都觉得永远离开彼此是最好的选择。在这段婚姻中，妻子不顺从丈夫，丈夫也不体贴妻子，因此妻子在当地背负了很多恶名，以致他们最后走上了离婚之路。他们按当地法律流程离婚后，妻子离开丈夫回英国了。随着妻子的离开，马赫布布·阿里终于松了一口气，慢慢开始过上了安宁舒适的生活。即使这样，他依然为这桩婚姻对他产生的负面影响感到伤心难过。

离婚后的马赫布布·阿里觉得独居的生活太孤单了，因为他习惯了有家人在他身边的生活。一时间没法适应独居日子的他打算再婚，有时他想再去国外找一个英国女性结婚，但想到第一次婚姻给他带来的伤害，又不想重蹈覆辙。他觉得刚从“深水”里逃出，又再次跳到“火坑”，这不是个明智的选择！

之后，他又想直接在当地找一个英国女性结婚，因为他在当地结识了很多英国人，许多英国男女经常来他家做客，在当地找个英国女性结婚对他来说并不是难事。

但是他发现，在英国土生土长的英国女人和在孟买出生长大的英国女人还是有明显区别的。在英国出生长大的英国女人来到孟买后，即使她们不会高捧当地人，但是她们至少会平等地对待当地人，会乐意和当地人交往。而在孟买出生长大的英国女人却觉得她们都是天之骄子，高人一等，这些英国女人都觉得当地人生来就低她们一等，就该做卑微的工作。

而且自从他和前任妻子离婚后，那些曾经来他家做客的英国人也逐渐不来了，他主动去交往的那些英国人也开始回避他。马赫布布·阿里这才看清了事实的真相，他才意识到对于现在的他来说，想在当地找个英国女人再婚也并不容易。即使能找到，那又怎么样呢？把之前的悲伤和烦恼再经历一次吗？从此，他知道他一定要和当地人把关系处理好。

马赫布布·阿里还没离婚时，他与本地人几乎没什么交往，仅有的一些交际也只是工作方面的。现在的他已经醒悟过来了，开始重新和本地人建立社交关系。人们发现他的性格相比于以前也有了很大的变化。渐渐地，他跟本地人之间的关系也越来越好了。

现在的马赫布布·阿里已经能与贵族家庭建立良好的社交关系，其中一位富有的穆斯林商人将自己的女儿嫁给了他，他的家庭因为这位年轻贤惠的妻子的加入而宁静安稳了许多。夫妻两人都来自受人尊敬的富裕家庭，重新组建的家里充满了幸福的味道，马赫布布·阿里的火爆脾气也改变了许多。在经营家庭生活方面，他继续采用现代人的模式，鼓励自己的妻子接受更多的教育，他妻子也更有奉献精神，各方面的能力也都进步了不少。有一个这样的妻子是何等的快乐！当他和他的英国妻子在一起时，他从来没体验过这样的快乐。找到真正的幸福后，他才发觉娶那个英国女人是他这辈子犯的最大的错误。

这时，他想起了当他在英国打算娶那个英国女人时，不仅父亲反对，而且弟弟不支持。他这才明白家人这样做都是为他着想。现在他很佩服弟弟曼苏尔·阿里，佩服弟弟能在伊斯坦布尔娶到一个得到了家人同意和祝福的土耳其妻子。他为自己曾经的所作所为感到非常懊悔。

马赫布布·阿里经历的这一切最终让他醒悟过来，他对父母深表歉意，并意识到他要开始和自己的穆斯林亲戚重新建立关系。

第二十章
荣归故里

马赫布布·阿里为以前的所作所为感到非常懊悔，现在的他很想见自己的父母，但是阿里·拉扎和吉纳特·巴奴很久以前就已经离开孟买前往信德的海得拉巴了。海得拉巴是个非常落后贫穷的城市，在这里的生活开支更少。阿里·拉扎原本希望在儿子马赫布布·阿里的陪伴下度过余生，但是儿子却忤逆不孝，最后阿里·拉扎不得不离开儿子回到海得拉巴。

毫无疑问，搬离儿子马赫布布·阿里家后，阿里·拉扎和吉纳特·巴奴的日子过得安宁多了。但是仅仅靠阿里·拉扎自己的存款能维持多久的生活呢？因此他们返回海得拉巴，因为在一个经济不发达的城市，消费低，开支小。还有个原因就是他们也想平平静静地度过生命的最后岁月。如果有可能，他们还想买一块地耕种，这样一来，他们就会有点儿事干，也会过得更舒心。这些计划是不可能在孟买或其周边地区实现的，孟买的生活成本太高。但是信德省不一样，即使它落后不发达，但那是阿里·拉扎非常熟悉的土地，他在那里出生，在那里成长，他知道很容易就能在那里买到这样一块土地。

悲伤的日子让他们更加怀念过去的时光和故乡的亲人们。日子一天天溜走，思乡之情越发让他们坐立难安，他们的存款也在一天天减少，所以继续住在孟买对他们来说很是困难，最后他们离开了孟买。

他们告别了孟买的亲朋好友返回故乡信德省。他们在孟买的朋友们甚至至今都不知道他们在孟买生活艰难，这也是他们要离开孟买返回故乡的原因之一。他们跟女儿女婿道了别，这个可怜的女儿因为父母的离开特别伤心，因为父母在身边让她很有安全感。

可怜的她愿意为父母做任何事，看到他们这样的处境，她千方百计地帮助他们，给他们经济支持。她现在是一个富贵人家的女主人，这些帮助对她来说并不难。虽然阿里·拉扎和吉纳特都不喜欢从女儿那儿拿东西，但阿泽玛特·巴奴还是常常偷偷地给妈妈塞钱。现在她的父母要离开孟买了，她心里特别伤感，但她不得不保持沉默。她只能默默祈祷，希望命运能安排她和父母有再次生活在一起的机会。

阿里·拉扎的大儿子让他们非常伤心失望，小儿子则完全不同。我们以前提到过，他的人品不错，父子俩的想法也一样。现在小儿子住在伊斯坦布尔，他在伊斯坦布尔的生意也很顺利。

阿里·拉扎的小儿子非常孝顺自己的父母，他过去常常把自己的想法在信中记录下来定期寄给他们，而且他经常指责他哥哥的不当行为。他在给父亲阿里·拉扎的书信里写道："您可以回伊斯坦布尔，因为这里的人都渴望再见到您，也会全心全意地欢迎您回来。如果您能来伊斯坦布尔让我尽孝，这将是我的荣幸，能够在父母年老的时候尽孝也会让我非常开心。"

但阿里·拉扎不想再回伊斯坦布尔。他回信说："我和你母亲已经经受够了奔波在外的艰辛，现在已经不想再在生命最后的岁月里徘徊于异国他乡了，现在的我们只想找个安宁之地敬拜真主。”即使这样，曼苏尔·阿里仍然坚持定期给父母寄钱，并写信告诉父母：“您需要什么东西就尽管写信给我，永远别忘了，我拥有的一切也都是您的。”

当曼苏尔·阿里得知哥哥马赫布布·阿里给父母带去了很大的痛苦，也正是这个原因导致父母搬离哥哥家，并决定前往海得拉巴度过余生，他非常难过。他心想：“敬爱的父母悉心培养自己的孩子，呕心沥血不惜花费重金教育我们，他们应该老有所养。现在我们都已经学有所成，都过着舒适的生活，但亲爱的父母却在贫困中挣扎。该拿什么来保障他们的生活？妻子可以再娶，儿子也可以再生养，唯有父母是今生今世唯一的存在。”这些想法让他寝食难安，因此特地跟妻子商量：“我们是不是应该花一些时间去海得拉巴看望我的父亲母亲？”

比比·法拉克索兹·贝格姆是曼苏尔·阿里的妻子，一个聪明贤惠的妻子，很信赖丈夫，大小事都听丈夫的。虽然离开家乡和亲人让她很难过，但为了家庭的幸福，她支持丈夫的决定，计划跟丈夫一起去一趟信德省。她知道她的丈夫在尽自己为人子女的义务。另外，她也想借此机会去其他国家旅行，顺便体验一下不同国家的风土人情。他们和身边的亲朋道别后就出发了。

阿里·拉扎、吉纳特和玛丽亚姆回到海得拉巴后，很快在当地落户。 在那里他们获得了想要的宁静生活。尽管阿里·拉扎去过很多国家，还担任过重要职位，相比那些国家信德省根本不算什么，但是在目前这种情况下，信德省相当于他们的避难所。

家乡的亲朋旧友见到他们都很高兴，即使曾经对吉纳特·巴奴有怨气的亲戚们，在看到苏拉依·法塔赫·汗家族没落后，也为之前的行为羞愧，他们拿出了极大的善意来对待吉纳特及其家人。

到达海得拉巴大约两个月后，阿里·拉扎收到了曼苏尔·阿里的来信。信中写道："我即将带妻子离开伊斯坦布尔，来海得拉巴照顾您和母亲，特地写信告知我们目前的状况，我们都很乐意回来尽子女应尽的孝道。"他还写道："请先为我们租一间漂亮的房子，这样我们可以在那里住几天，也方便我们跟您和母亲一起生活一段时间。"读完这封信后，阿里·拉扎和吉纳特·巴奴都非常开心，并为他们的小儿子曼苏尔·阿里祈祷。

不久，曼苏尔·阿里带着妻子离开了伊斯坦布尔。他们先去了一趟孟买，在那里见到了自己的哥哥和姐姐，并数落了哥哥曾经的不孝行为。马赫布布·阿里也很后悔，尤其在他的英国妻子离开他之后，他意识到自己以前的行为多么的忤逆，此后再婚，最终走上了正途。

当马赫布布·阿里得知弟弟长途跋涉的目的是回海得拉巴看望父母时，他心想："我为什么不和他们一起去呢？我也应该和他们一起去海得拉巴。我为什么不去找父亲母亲，请求他们原谅我以前的过错呢？这样我也有机会尽孝，将功补过。"想到这里他也开始准备和妻子一起去海得拉巴。

看到哥哥和弟弟都准备好了去看望父亲母亲，阿泽玛特·巴奴也非常想去。可怜的她比她的兄弟们更渴望见到父母，并想再和父母一起生活一段时间。但她已嫁为人妇，这种事情不是她能决定的，因此马赫布布和曼苏尔就对她和她丈夫说："你们也跟我们一起去海得拉巴一趟吧，如果你们想早点回家，你们可以先回来。"

就这样，在这三对夫妇和仆人的精心安排下，他们一起登上了去海得拉巴的大船。他们也将三家人一同前往海得拉巴的消息写信告诉了父亲阿里·拉扎。阿里·拉扎就在附近给他们租了另外两间房子，还为他们添置了必要的起居用品。

不久，他们到达了海得拉巴。当地人看到他们一行的盛大排场都惊呆了。父亲将他们妥善地安置在新租的房子里。阿里·拉扎就是在海得拉巴长大的，如今，他全家都相聚于此，光荣而有尊严地再次生活在这里，他开心得喜上眉梢。他的老友们以及妻子吉纳特·巴奴的亲戚们也都为之高兴。大家都来看望阿里·拉扎的孩子并祝贺阿里·拉扎荣归故里和儿孙满堂。再次与父母相见的大儿子马赫布布·阿里把头靠在父母的脚上，阿里·拉扎和吉纳特感动得热泪盈眶，原谅了他过去的不孝。此刻，家里的每个人都感到无比幸福。随后，阿里·拉扎带领家人给自己的父亲、孩子们的爷爷阿里·纳瓦兹·汗扫了墓。他们诵读《古兰经》经文，为他祈祷。他们还为安葬在麦地那的江·比比背诵了《古兰经》经文，并为她祈祷。

虽然退休后的阿里·拉扎并不富有，但是孩子们现在都很富有，孩子们拥有的一切也都是父亲阿里·拉扎的，因此阿里·拉扎也觉得自己仍然很富有。巧合的是大家再次相聚并不容易，每个人都想拍张照片留作纪念，全家人便一起去拍了一张全家福。多年来，他们一直保存着这张全家福作为留念。

就这样，一家人在一起住了两三个月，现在的阿里·拉扎拥有了一切。阿里·拉扎以前曾计划等年老了就在村子里买块地，盖一栋属于自己的房子，在相对安静的地段安家，平时空闲就务务农，将余生都用来敬奉真主。此刻，他的这个愿望又被唤醒了，随着时间的推移，他越来越想实现这个愿望。

孩子们得知阿里·拉扎的愿望后，便为父亲在东边距离海得拉巴四点五公里处的一个地方购买了一块风水宝地。土地总面积约有三十六亩，那里已经有一口可用的水井，还有一个美丽的小花园，花园大概占地十五亩。他们可以用井水来供应生活起居，利用附近运河里的水来务农养花。

他们在花园旁边建了一座漂亮的小洋房，在附近建了一座小巧精致的清真寺，还给整片土地砌了围墙。就这样，阿里·拉扎、吉纳特·巴奴和玛丽亚姆三个人生活在这里。他们还雇了三四个人来打理土地和花园。

阿里·拉扎给自己定了日程表，每天早上和傍晚他都会花两三个小时和园丁一起打理花园，他主要就是去修剪一下花坛，平时也会给住在周围的村民提供一些帮助。他利用剩下的时间来看书写作。吉纳特还是像以前一样只负责家中内务，不用为屋外的这些工作操心。就这样，他们平静地过着隐居的日子。

这个地方完全是按照父母的意思选择的，对儿女们来说也有种得偿所愿的感觉。他们自己依然住在城里的房子里。在海得拉巴住了一段时间后，他们也对这个地方产生了感情，想留下来生活。也有一些朋友对他们说："如果可能的话，也建议你们留在信德省生活，即使留在这里，你们也能收入不菲。"

阿里·拉扎也支持孩子们留在信德省，希望孩子们即使不能住在跟前，也能尽量离他们近一些。马赫布布和曼苏尔接受了这个建议，但是他们觉得海得拉巴没什么商机，所以决定去卡拉奇试试运气，因为卡拉奇像孟买一样是个大城市。这样可以方便他们来往于两地之间，而且卡拉奇离孟买也不远。

作出决定后，他们准备启程去卡拉奇，但在离开之前，两兄弟为父母的生计做了充分的考虑，尤其是曼苏尔·阿里，他特别关心父母在海得拉巴的生活。经过深思熟虑，两兄弟决定为父亲在政府银行开通一个账户，并一人存一千卢比到父亲的账户。就这样，两千卢比存入了父亲的账户，两个儿子将存折交到了父亲手里。他们还向父母保证，愿意为父母做任何事情，然后恭恭敬敬地道了别，并请求父母为自己祈祷。他们还对父母说："我们会经常来看望你们，家里有任何需要就立刻给我们写信。"就这样，他们来到了卡拉奇，而阿泽玛特·巴奴和她的丈夫也在向阿里·拉扎和吉纳特道别后出发返回了孟买。两兄弟很快就在卡拉奇买了房子，并定居在那里，一个从事律师职业，另一个从事医生职业。不久他们俩也都在信德省站稳了脚跟。

在这个新地方，阿里·拉扎和吉纳特·巴奴过上了梦寐以求的舒坦日子，这是他们很早就想过的日子，真主恩赐，终于在晚年时期实现了。他们在那儿生活得很开心，悠然自得。六年后，吉纳特·巴奴安详地离世了。

吉纳特去世时已经六十岁了。在她过世后，阿里·拉扎每时每刻都沉浸在失去妻子的悲痛中。他自己也上了年纪，已经七十多岁了，身体本来就不硬朗，再加上妻子离世的悲伤，这更让他一下没了精气神，整天都独自发呆。很不幸，妻子过世六七天后他也离世了。他们夫妻俩在生前就已经商量好了，并立下遗嘱，他们死后要葬在洋房的花园里。根据遗嘱，孩子们在花园里为他们修建了坟墓，还在墓地边建了一个小清真寺。而可怜的玛丽亚姆，她也已经老态龙钟了，主人过世后，她便开始以扫墓人的身份生活。每天打扫完阿里·拉扎和吉纳特·巴奴的墓地后，她都会从花园里摘一些鲜花和罗勒放在阿里·拉扎和吉纳特·巴奴的坟墓上。

马赫布布·阿里和曼苏尔·阿里在得知母亲去世的消息后，立即带着妻子孩子回到了海得拉巴，又经历了父亲阿里·拉扎的去世。可怜的他们一下失去了两个亲人，非常伤心。他们在海得拉巴待了大约一个月，等父母的墓地修建好后，他们安排完后事，才回到卡拉奇。

五六个月后，玛丽亚姆也离世了。她的坟墓就建在男主人和女主人的脚边。这就是这些善良、诚实、虔诚的人们的结局。

致 谢

我很高兴得知巴基斯坦文学院在海得拉巴信德文学委员会的协调和合作下，出版了我已故父亲米尔扎·卡里奇·贝格的著名信德语小说《吉纳特》的乌尔都语译本。我特此祝贺巴基斯坦文学院成功出版《吉纳特》这本小说的乌尔都语译本，并祝愿巴基斯坦文学院能够取得更高成就，更上一层楼。

信德省海得拉巴市腾德托罗 - 普列利[1]巴布 - 卡里奇

米尔扎·阿萨德·贝格

法学硕士

1980 年 5 月 21 日

[1] 普列利：英译为 Phuleli，是流经巴基斯坦信德省海得拉巴市的一条运河。

照片拍摄于巴基斯坦信德省海得拉巴市坦多托罗[1]村卡里奇府[2]书斋。

照片中：

左一：米尔扎·卡里奇·贝格的儿子米尔扎·阿萨德·贝格（Mirza Asad Baig），左二：伊斯兰堡巴基斯坦文学院院长马西胡丁·艾哈迈德·西迪基（Masihuddin Ahmad Siddiqui），左三：信德省贾姆肖罗市[3]信德文学委员会主席秘书古拉姆·拉巴尼·阿·阿格卢（Ghulam Rabbani A Agro），后中：作者的孙子穆罕默德·哈比卜·贝格（Muhammad Habib Baig）。

[1]坦多托罗：英译为Tando thoro，巴基斯坦信德省海得拉巴的郊区，以前是一个村庄，这里是作者的家乡。

[2]卡里奇府：英译为Bab Qaleej，Bab这个乌尔都语词有门（户、府、居、庭、堂）的意思，因此译作卡里奇府。

[3]贾姆肖罗市：英译为Jamshoro，位于巴基斯坦信德省。它位于印度河的右岸，距海得拉巴西北约18公里，距信德省首府卡拉奇东北150公里。这座城市以教育之城而闻名。信德省的四所主要大学都位于这座城市附近。